I0567449

1

Ramiro y el hazo
Cuentos de la reina arpía

Daniel Paniagua Díez

AMAZON EDITION

* * * * *

PUBLISHED BY:

Daniel Paniagua Díez

Ramiro y el hazo, Cuentos de la reina arpía

Copyright ©2015 by Daniel Paniagua Díez

ISBN- 978-84-606-9921-7

Thank you for purchasing this book. Although
this is a book, it remains the copyrighted property of
the author and may not be reproduced, scanned, or
distributed for any commercial or non-commercial use
without permission from the author. Quotes used in
reviews are the exception. No alteration of content is
allowed.

Your support and respect for the property of this
author is appreciated.

This book is a work of fiction and any
resemblance to persons, living or dead, or places,
events or locales is purely coincidental. The characters
are productions of the author's imagination and used
fictitiously.

Índice

Nota del autor

Una nueva colección de cuentos fantásticos: los cuentos de la reina arpía, que enlaza con las anteriores. Los cuentos, no todos, son continuación o antecedentes unos de otros así Vosotras las protonas proviene de La mujer de Loot, y la maravillosa historia del rey Ramiro y sus legendarios caballeros continua de algún modo el relato que titulé Gundemaro, el último conde suevo.

El primer cuento de tipo medieval que publiqué, hace años, fue El lirio rojo y el Señor de los alfanjes, basado en la historia del rey de León Ramiro II el Diablo, pero no fue bien recibido; tal vez no se acepte mi personal modo y manera de contar la historia de España, mediante cuentos fantásticos, y posiblemente Ramiro y el hazo sea el último cuento de este tipo que escriba. Ustedes tienen la decisión en sus manos.

Y sin más dilación vayamos con los cuentos.

VOSOTRAS LAS PROTONAS

El amor es química pura, siempre escuché decir, ¿usted también? Lea este cuento y descubrirá el porqué de este dicho. Entrará en calor para continuar con sus sucesivas lecturas

En el principio estaba sola.

Flotaba en una oscuridad total sintiéndome perfecta y absoluta en mi vacuidad infinita. Estaba sola. Inmensa, me sentía inmensa y completa; pero, en algún momento y debido a un misterio para mí indescifrable apareció él: mi primer neutro compañero.

Y nos acoplamos.

Maravillosamente, todo hay que decirlo, y nos frotamos y frotamos hasta que surgió nuestro primer electronauta, ¿todavía está por aquí o ya lo hemos perdido? ¡Ah! Aún sigue por ahí zumbando; no cambies de órbita ni te aproximes que me tienes contenta. En fin, éramos una pareja feliz y contenta constantemente chocando con otras parejas en un maravilloso baile de enamorados perpetuos y ocurrió lo inesperado: os conocimos a vosotros, nuestra primera pareja de compañeros frotadores, y nos acoplamos.

¡Vaya que si nos acoplamos!

Y como vosotros, los neutros, nunca se sabe de qué lado giráis pues ocurrió que nació nuestro segundo electronauta, ¿sigues por aquí? ¡Sí! Te queremos, sigue girando, sigue girando que eres un sol.

Éramos intensamente dichosos los seis siempre frotando y girando y cambiando de posición, especialmente social, pues nosotras dos reinábamos en aquel marasmo de protonas sin pareja y las aburridas parejas únicas.

Sí, estuvimos reinando y reinando únicos en el cosmos.

— ¿Y qué ocurrió para que finalizara tu reinado tatarabuela?

— ¿Quién es este electronauta? ¡Ah! uno de los nuevos; bien por vosotros lo hago, por vosotros lo cuento, antes de nos hundamos en el abismo primordial para desaparecer por completo.

Ocurrió que nos copiaron.

Otras parejas, unas pocas por aquí, unas cuantas por allá, se fueron también acoplando imitando nuestra doble pareja y llegó un momento que ya éramos tantas las dobles que no había manera de diferenciarnos. Todas hacíamos lo mismo, frotando, frotando, y con nuestra pareja de electronautas girando y girando.

En fin, tampoco lo pasábamos tan mal; pero llegó un momento que nos resultó monótono, más que nada porque estos dos, nuestros primeros neutros de nuestra larga existencia, son unos sosos y unos aburridos siempre frotando de la misma manera. Sí, bueno, os quiero, chochos, que ya no hacéis más que chochear. Me hacéis recordar cuando flotábamos en el vacío primordial, siempre girando, girando, girando.

Pero ocurrió algo asombroso, encontramos casualmente a una pareja encantadora, vosotros, y decidimos acoplarnos con ella también, ¡para volver a reinar únicas en el cosmos! Una decisión maravillosa, ¿no es cierto? Y sucedió algo inesperado en aquel momento: se nos coló un neutro aislado de rondón y se acopló con nosotras seis de un modo que sigo sin comprender pero que resultó un cambio inesperado, rápidamente tuvimos un nuevo electronauta y establecimos una sociedad innovadora basada en las relaciones triangulares. Nosotras, las protonas, teníamos una variedad asombrosa para elegir en nuestros frotamientos y por tanto formamos un grupo muy sólido; tan sólido, tanto que nos solidificamos, nos solidificamos y mantuvimos firmes durante eones mientras las demás protonas y sus neutros giraban de aquí para allá como tontonas y las parejas simples y dobles nos admiraban o envidiaban.

De nuevo reinas.

Hasta que lograron copiarnos, y más y más protonas se solidificaron a nuestro lado, pero, mirándolo bien, éramos un grupo muy sólido, inquebrantable, firme. Y así permanecimos largo tiempo. Pero como nos gustaban tanto las relaciones triangulares un día discurrimos aceptar con nosotros una pareja que andaba por ahí un tanto desvalida, ¡qué bien! Una relación más amplia y mayor variedad en nuestros frotamientos, rápidamente tuvimos nuestro cuarto electronauta. Sí, ya sé que se nos fue; era un díscolo y era de prever que en algún momento nos dejaría, pero entonces ni lo imaginábamos. Y permanecimos firmes explorando las posibilidades de nuestra nueva disposición frotacional, firmes indefinidamente.

– ¿Y qué ocurrió tatarabuela?

– ¡Ay! Qué casino eres.

Que nos unimos a otra pareja más, más que nada por ver dónde nos llevaría nuestras relaciones triangulares, ¡éxito! Fue genial, en instantes ya teníamos con nosotras otro nuevo electronauta. Algo fabuloso y todos nos empleamos en explorar nuevas relaciones triangulares. Y sólidos, eh, muy sólidos en nuestra relación continuada y hasta aumentó nuestra amplitud de miras.

–Sí, claro, nos aumentó tanto…

– ¡Calla, tú, neutro, que eres un neutro! Nadie te ha concedido la palabra.

Continuo. Este sí que es un cansino.

Vale, nos ampliamos, y ocurrió que pasamos de las relaciones puramente triangulares a las extraordinarias relaciones tetratrónicas al aceptar con nosotras a la nueva pareja. Nuestra solidez llegó a ser incomparable, nuestros seis, por entonces, electronautas brillaban incomparables y otras protonas al poco comenzaron a imitarnos pues ni tan siquiera la oscuridad expansiva lograba afectarnos.

Fue entonces cuando formamos las mallas.

Mallas y mallas de relaciones tetratrónicas e intuimos interacciones ramificadas que podían llegar a un punto extremadamente organizado. Justo lo que nos hacía falta.

— ¿Y qué pasó tatarabuela?

—Otro casino, anda guapín, vete a girar a la tercera capa que no estoy para bromas.

Bueno, pues debió ser un despiste, no sé si mío o de alguna de estas, pero el caso es que admitimos con nosotras a una protona libre que giraba descocada, bueno y así sigue, mirarla, pasando de uno a otro constantemente, bueno, el caso es que la imitamos, y enseguida tuvimos otro electronauta con nosotras.

Nuestras relaciones trigonométricas pasaron a ser hexagonales, ¡algo maravilloso! Y entonces, entonces, entonces primero pasamos por un estado de fluidez total, algo para nosotras completamente desconocido, ¡es que se nos iba el…! Casi se me va ahora al recordarlo, la fluidez, y como reacción alocada agilizamos aún más los intercambios de neutros y la frecuencia de frotamientos, resultado: ¡volvimos a flotar! Flotábamos como antaño, no cabíamos de gozo por nuestro sensacional descubrimiento y rápidamente otras muchas protonas abandonaron las redes tetratrónicas para fluir y flotar como nosotras.

Ascendíamos, ascendíamos sin parar nuevamente y nuestros siete electronautas eran los seres más gozosos que se pudiera imaginar.

¡Liberadas! Liberadas de las cadenas de las mallas tetratrónicas.

—Estábamos muy bien por entonces, yo lo recuerdo, abuela.

—Sí, yo también me acuerdo.

Pero nos volvimos golosas y aceptamos, alocadamente, también hay que decirlo a una nueva pareja que flotaba libre y

¡eureka! Nos salió bien la jugada, rápidamente teníamos con nosotras no solo una nueva pareja, más variedad, sino que también un nuevo electronauta y además ocurrió algo curiosísimo: como nos imitaban constantemente desde el tiempo de nuestro fugaz reinado al poco comenzamos a unirnos con otros grupos de protonas que también habían adoptado las relaciones cubicas, cubicas y óctuples, frotamientos octales, ¡qué ilusión! Con lo cual teníamos a mayores la duplicidad de relaciones, o sea duploctales; eso sí, cada uno en su grupo y el vacío en el de todos. Fueron tiempos increíbles y por dónde pasábamos levantábamos admiración e imitación.

Y dimos un nuevo paso en nuestra cambiante condición y aceptamos con nosotras un neutro que flotaba solo y sin tener dónde acogerse, eso sí, un neutro muy simpático, cosa rara en estos setas de neutros que tenemos con nosotras. En principio no notamos algún cambio en especial en nuestra manera de rotar intercambiándonos las parejas pero, pero, algo observamos en nuestras imitadoras y seguidoras universales: por la más mínima e inescrutable causa ¡desaparecían! Así que ante el temor de que nos ocurriera a nosotras del mismo modo dimos un paso sin medir las consecuencias, ¡temíamos por nuestra existencia geométrica y la de nuestros electronautas! Pues habíamos nuevamente procreado y teníamos que cuidar de nuestros nueve chiquitines, ¿qué hacer? ¿Qué podíamos hacer?

Adoptamos a una pareja simple y alcanzamos el número y estado que encontramos ideal, ¡éramos decimales! Y pronto tuvimos la gran satisfacción de tener sobre nosotras nuestro décimo electronauta.

Como señoras, grandes señoras, nos sentíamos décimamente superiores a las protonas solitarias y enseñoreábamos el espacio profundo sin que nada, absolutamente nada, nos pudiera afectar. Reinonas. Nuestras relaciones trigonocúbicas eran inmejorables y vivíamos gozosas e inmutables. Hiciéramos lo que hiciéramos y por más que nos intercambiásemos nuestra estructura permanecía imperturbable. Firmes permanecimos convencidas de haber dado el paso adecuado.

– ¿Y qué ocurrió tatarabuela para que no estemos así de bien?

–Pues que capturamos, sí, no me mires así. Capturamos a otra pareja.

Y resultó ser una pareja muy salada, tuvimos otro electronauta y no paramos de reír y reír hasta que nos dimos cuenta que estábamos dejando de flotar y de nuevo formábamos una estructura peculiar, estupendamente triangular y magnífica. Pero nuestro onceavo electronauta nos salió un tanto díscolo y tuvimos que recrecernos creando una nueva capa donde mantenerlo girando sin que revolviera a los mayores pues les dejaba descompuestos con tanto choque así que a las primeras de cambio: ¡tú p´arriba!

No sabíamos dónde nos metíamos.

– ¿Por qué? ¿Qué pasó abuelita?

Que de tanta risa como nos daba y sin mirar más allá asimilamos a otra pareja simple por si ver si se multiplicaba el cachondeo, ¿y qué ocurrió, eh, qué ocurrió?

Que nos volvimos tristes e irritables; a las primeras de cambio mandábamos a nuestros queridos electronautas y al nuevo a las capas más lejanas por no tener que soportarlos. Pero eso sí, volvimos a nuestras añoradas relaciones tetratrónicas, tan queridas, tan estables; nuestros frotamientos eran constantemente hexagonales, la nueva pareja estaba encantada recién abandonada su relación simplemente doble y extremadamente anticuada. Nos volvimos, no sé cómo decirlo, extraordinariamente familiares. Por un lado apenas soportábamos a los pequeños electronautas pero por otro todos nuestros desvelos estaban en protegerlos, en no perderlos. ¡Había que hacer algo!

Nuestros doce pequeñitos.

Pronto serían trece.

De todas partes nos llamaban, todas las protonas, desde las simples alocadas hasta las imitadoras compactadas querían que estuviéramos a su lado y nos relacionáramos con ellas. Había que hacer algo, o nos disolveríamos sin remedio.

Adoptamos deprisa y corriendo otra pareja, pero volvió a ocurrir algo insólito, ¡se nos coló de rondón un neutro pinturero! Y nos volvimos reflectantes auténticas; pero aún así firmemente acopladas pues hicimos un nuevo cambio en nuestras relaciones frotacionales. Adiós tetra, hola de nuevo tríos a tope; eso sí, profundamente densas a pesar de nuestro vacío interior.

Y de nuevo nos imitaron con fruición.

Al poco volvíamos a ser muy abundantes e indiferenciados. Y fue cuando se produjo la primera debacle: un par de nuestros electronautas nos abandonaron, nos abandonaron sin más.

El vacío exterior que nos dejaron no se podía llenar con nada, nada podía consolar nuestra pérdida. Pero al poco otros dos electronautas llegados de no se sabe dónde llegaron y se instalaron en las órbitas abandonadas.

¿Qué era esto?

Y otro poco después otros dos se fueron y otros dos ajenos ocuparon su lugar.

¡Esto hay que pararlo como sea! ¡Nos quedamos sin los nuestros y tenemos que cuidar de los ajenos!

Nos reunimos todas las protonas en un cónclave secreto y decidimos dar otro paso, tal vez este neutro, sí, eres muy simpaticón, que teníamos a mayores era el causante de que perdiéramos a nuestros electronautas y nos llegaran otros ajenos así pues decidimos adoptar una protona solitaria como solución final a nuestros problemas.

¡Éxito a la primera!

Rápidamente tuvimos un nuevo electronauta con nosotras y se detuvo aquel continuo trasiego de creaturas. Pero la alegría nos duró poco. De vez en cuando, cuando menos lo podías esperar uno de nuestros pequeñitos nos abandonaba dejando su vacío atemporal y cuando estábamos rotas por el duelo otro electronauta aparecía para llenar su hueco.

Era algo que ocurría de pocos en pocos, un enigma, un misterio. Establecimos grandes redes octogonales intentando resolverlo mientras disfrutábamos de unas nuevas y sanas relaciones óctuples, siempre triangulares, eh, no vayáis a creer que habíamos perdido el tino. Unas sólidas relaciones grupales y un contacto constante con nuestras imitadoras a través de intensas redes sociales que expandieron nuestro conocimiento del medio y afirmaron nuestra solidez exterior.

—Pero, entonces, ¿qué pasó, bisabuelita? ¿Qué pasó, eh?

—Que alcanzamos la perfección.

Por casualidad, pero alcanzamos la perfección. Adoptamos otra pareja, vosotros, sois encantadores, y conocimos la perfección de las relaciones monoclínicas adoptando unas estructuras perfectamente tetraédricas que nos volvieron inmutables y faraónicas.

De nuevo reinas.

Y entonces sucedió. Cuando más a gusto y calentitas, agradablemente frotacionales, explorando prodigiosas relaciones tetraédricas con nuestras imitadoras en la oscuridad expansiva ocurrió.

Sentimos El Soplo.

Una onda que nos atravesó, algo inmaterial pero aun así perceptible llegó de no se sabe dónde y nos calentó, nos calentó a base de bien, nos calentó tanto, tanto, que nos pusimos a brillar, a brillar y brillar, ¡nos convertimos en pura luz! Por unos instantes éramos simplemente luz, prodigiosa luz.

Y nos apagamos.

Como si hubiéramos agotado nuestro ser y alcanzado por instantes lo que hay más allá de la perfección y ya más no pudiera ser. Os queremos pequeñitos, nos queremos todas. Pero vamos a desaparecer, nos extinguimos, hemos agotado nuestro ser en una increíble aventura y nos toca desaparecer.

He disfrutado intensamente.

¡¡Qué ocurre!!

¡De nuevo El Soplo!

¡¡Es mucho más intenso que el anterior!!

¿Y ahora qué?

¿Ahora qué?

–Comenzamos de nuevo a calentarnos y a brillar, amada protona.

–Calla, rancio, que tú nunca entiendes nada. ¿Qué nos ocurre? ¿Qué nos está ocurriendo? Brillamos y crecemos, ¡es eso! Estamos como creciendo, creciendo, creciendo en la oscuridad expansiva, ¿qué? ¿Qué puede ser lo que está ocurriendo?

–Que, vosotras, las protonas, ya nos habéis metido en otro lío monumental. A saber en qué parará la cosa y que nuevas relaciones triangulares tendremos que explorar.

–Que te calles, rancio, que estás mejor callado. Escuchar, ¿no oís como una voz? Una voz de protona. ¿Qué dice? ¿Qué dice?

¡Loot! ¡Loot! ¡LOOT! ¿Pero tú que has creado?

Fin.

¿Después de leer este cuento no comienzan a sentir la química como algo realmente apasionante?, algo que merece su exploración personal. ¿Usted sabe que todos los protones y neutrones del universo están formados por la relación de TRES bosones? Y así podríamos ir bajando y bajando en el Abismo Primordial. ¿No lo sabía? Pues triangule, triangule usted y el universo estará a su favor.

Alguien me dijo que con la química no se puede escribir más que fórmulas, fórmulas y más pesadas fórmulas, que era una chifladura escribir sobre química o física a no ser un tratado de divulgación científica, y yo a la gente así, los que no conocen la triangulación de las cosas, parafraseando a la conocida canción les digo: campo y onda, ¿cómo puedes ser dos cosas a la vez y no estar loco? O partícula, que todavía me lo pones peor.

Conócete a ti mismo. Dijo un sabio.

Ahora lean la siguiente historia de la reina arpía.

UN INTENTO FALLIDO

Y habrá más

En los años cincuenta del siglo pasado un grupo
selecto de militares estadounidenses entraron en contacto con
personas de otro planeta de esta galaxia.

Un hombrecillo gris, cabezón y de ojazos profundos
fue su enlace alienígeno y caminaba por La Base entre
grandes medidas de seguridad; pero ocurrió que no había
manera de comunicarse con él, no entendía el inglés. El
extraterrestre intentó por su parte algún modo de
comunicación escaneando la historia de los norteamericanos
y sus ancestros europeos hasta que un día ideó un trípode, a
la manera de la Sibila de Delfos, pero en vez del Ónfalos,
pues no tenían uno a mano, les pidió que pusieran un hornillo
bajo el trasero del experimentador, seguramente un militar de

alta graduación que podría haber participado en el Proyecto Mercury.

La idea, simple y cómica a mi modo de ver, era que el experimentador al adquirir energía por su ano, manteniéndose en un estado extático y de atención completa, sibilino, fuera capaz de comunicarse con el extraterrestre, el gris cabezudo, no hablando con su faringe y boca sino discurriendo con su cerebro, sin necesidad de articular palabra.

Ignoro si el experimento fue exitoso pero sí estoy seguro de que alguno terminó con el culo caliente y la verborrea desatada, algo por cierto tan yanqui, al fundírsele el cerebro; u otras partes.

Nunca habían oído hablar, los militares estadounidenses, de disciplinas tipo yoga o zen. O del tantra amoroso, la frotación de espíritus.

Y así nos fue.

Otra vez será.

Fin

RAMIRO Y EL HAZO

Cuentos de la reina arpía

Dedicado a mi tío Paco, mi padrino, Francisco Paniagua Santos; que enterado de que estaba aprendiendo a leer, apenas cumplidos los seis años, me regaló la novela Ben Hur del general Lewis Wallace; y la devoré en pocos meses. Estos cuentos que escribo salen de esas lecturas infantiles.

Este relato en especial va dedicado a la memoria del gran poeta Luis Cernuda, pues es la poesía el vino que endulza las amarguras del día a día y los rigores de escribir cuatro letras seguidas.

Regresa el rey cabizbajo y pensativo al frente de sus tropas victoriosas a las verdes montañas cántabras y de torreón a torreón sarraceno cliquean las señales de consigna:

Regresa el rey de los sectarios, vuelve victorioso a las montañas del norte; no ataca nada, no hace alardes el jefe de los politeístas. Parece derrotado.

Sí, regresa el rey Ramiro a su tierra astur con el ejército de cristianos, abandona la tierra roja del valle íbero y se marcha a las montañas blancas de La Bardulia almenada.

¡Qué gran batalla!

¡Un prodigio similar tan solo le aconteció al gran Constantino!

¿Llegarás a ser tú, Ramiro, Emperador ahora que ha muerto Luis el Piadoso? ¿Qué significado puede tener eso que nos ha pasado? Emperador, ¿de qué imperio? Muy lejos quedan franceses y germánicos. Así cabalgo, solo, con apenas dos mil supervivientes y doce jóvenes caballeros y la mayor parte del tiempo tenemos que ir andando para no reventar a los pocos caballos que nos quedan.

A Constantino se le apareció una cruz en el sol, a mí, un ¿hombre? a caballo. Pero el resultado ha sido el mismo: cuando estábamos como corderos prestos al degüello fuimos nosotros los que hicimos la degollina y pisamos un río de sangre y acero. Pero, ¿a qué precio?

Volver a casa, vivo, con Poterna, con mi caballo o sobre él. Llegar como sea vivo a casa. ¿Quién pudo contar los muertos? Todos los que somos, los que quedamos vivos, somos pocos para cargar con tanto acero y semejante botín. Y ninguno marchamos contentos.

Querían hacerme tributario.

¿Por mi orgullo tanto muerto y tanta sangre?

Quince días más tarde y ya algo repuestos de la campaña en el Ebro se reúnen con el rey sus doce caballeros palatinos, los doce supervivientes de la batalla en la tierra roja, en el torreón romano de Gijón sentados en una larga mesa. Son jóvenes, tal vez demasiado jóvenes, pero ya saben lo que es combatir al lado del rey; insultantemente jóvenes y expresivos.

— ¿Tienes ya alguna explicación de lo que nos ocurrió en la batalla del Ebro?

—Ninguna, mi buen Ervigio, pero voy a ir a buscarla y tú me acompañarás.

— ¿A dónde? ¿Yo solo?

—Tú y los tuyos, todos tus hombres, vas a ser mi duque en Lugo.

— ¡Pero si el duque es tu hijo Ordoño!

—Tendrá que dejarlo y venirse a Asturias; tú te harás cargo de la defensa del ducado gallego. Partimos en tres días a San Martiño de Mondoñedo para hacer una donación y una acción de gracias y de allí a Lugo. Mi hijo ya está avisado, nos encontraremos con él en San Martín del Rey Aurelio. Vosotros once iréis a buscarle y le acompañaréis a Oviedo, protegeréis Asturias mientras yo esté en Galicia. ¿Alguna cosa más?

— ¿Y de "aquello" que vimos en plena refriega y espantó a los sarracenos?

—Sigo sin tener la menor explicación, por eso voy a San Martiño. Oraré y expiaré mis culpas durante una noche de ayuno en el templo. Ervigio me acompañará en la vigilia, es el más religioso de todos vosotros y el mejor preparado para defender la frontera gallega.

—Tu hijo Ordoño ha hecho un gran trabajo.

—Lo sé, Bernardo, lo sé muy bien, pero las Rías Bajas y el río Miño están aún en manos sarracenas. Ervigio será el encargado de encontrar el modo y manera de echarlos de nuestras tierras. No somos más que una vara de hierba, el reino es la vara y nosotros nos apretaremos para defendernos ¿Alguna cosa más? ¿No? Entonces cenemos en paz estas viandas que nos ofrece El Señor.

Solitario va el rey, avanzado de su propia tropa, solo y oscuro cabalga el rey Ramiro siguiendo viejos caminos cercanos a la costa; teniendo ya a la vista la ría del Masma, en el lugar de Barreiros embarca con su caballo y no espera a su cortejo, su fiel Ervigio se encargará de organizar el paso en barcazas a la otra orilla.

¿Apesadumbrado?

No, tan solo extrañado. Una batalla crudelísima, una victoria como jamás alcanzó mi tío el rey Alfonso, y aquello. El sonido de truenos imposibles en cada mandoble que soltaba.

Cruza el rey en una pequeña barca las aguas mansas de la ría y apenas poner pie en la orilla se dispone a cabalgar hacia el santuario antiguo, el más antiguo que se mantiene en pie en el norte de Hispania. Cabalga presuroso, en una mano lleva una cruz y con la otra sujeta firme las riendas, va subiendo las cuestas desde la aldea de pescadores hacia el santuario sagrado donde otras veces ha estado. Cabalga solitario y de vez en cuando, en algún recodo vuelve la vista a la ría para comprobar que su cortejo real y los hombres de Ervigio están cruzando sin contratiempos.

Pero cabalga solo.

Querían hacerme tributario, amenazaban con aceifas para que pagase parias el rey cristiano a los moros de Zaragoza. Y si a esos les suelto un sueldo al día siguiente se presentarían los de Córdoba para cobrarme cien libras y así sucesivamente hasta arrasarme a mí y al reino. Bien me enseñó mi tío como piensan y actúan los sarracenos.

Acción de gracias a los santos cristianos.

Cuando deje en Lugo a Ervigio y la ciudad asegurada continuaré hasta Compostela para ver cómo van las obras del templo que mi tío ordenó levantar. Les va a llevar tiempo a mis hombres cruzar la ría con tan pocas barcas.

Recuerdo. Lo tengo grabado en el ánima.

Subía solo al paso libre de mi caballo tordo cuando escuché, escuché, oí, no sé, una voz tremenda que me resonaba en el cráneo. Un vozarrón que me tiró del caballo.

¡¡¡VADE!!!

Me incorporé todo lo rápido que pude y a duras penas saqué mi espada mirando en todas las direcciones mientras aquella voz resonaba en mi cabeza.

¿Quién? ¿Quién?

Observé movimiento entre los altos matorrales a mi derecha y me dirigí a ellos gritando:

— ¡Salid presto, soy el rey! ¡Soy el rey Ramiro! Salid bellacos.

Y para mi espanto lo que vi salir entre las escobas no fue un par de bellacos, tal y como me esperaba, sino un monstruo, un monstruo como nunca había imaginado, mayor que un oso, patas con grandes garras, recubierto de escamas brillantes, con alas como de murciélago y cabeza de lagarto. Salió al claro y con la cola azotó a mi caballo que huyó espantado. Mi reacción entonces, totalmente inconsciente, fue presentarle la cruz que llevaba en la mano izquierda a la vez que le gritaba:

— *¡Vade retro, Satanás!*

El monstruo arrugó el ceño, torció la cabeza y dio dos pasos atrás pero entonces escuché decir:

— *¡CRUX! ¿TÚ REX?*

—*Soy Ramiro, rey de los cristianos, ¿qué eres tú bestia infame?*

—*RA-NI-MIRUSS, ¿REX? ¡¡CRUX!!*

—*Sí, soy rey, monstruo, ¿qué eres tú?*

—*GU-AR-DIAN TEM-PLO SAN MAR-TIÑO, ¿ESA CRUX?*

—*La llevo para ofrecérsela al santo, aparta.*

—*TÚ AMIGO DEL SAN-TO, YO AMIGO REX, CRUX BUE-NA, CRUX BONI-TA.*

Para mi asombro el monstruo se fue retirando a esconderse de nuevo en el bosque y me quedé como un pasmarote mirando a los matorrales con el brazo en alto mostrando la brillante cruz a los pajaritos.

Y así me encontró Ervigio y mis hombres que subían a la carrera hacia el santuario.

– ¿Estás bien Ramiro? Atrapamos a tu caballo que bajaba enloquecido hacia el río.

Qué podía decirles sino entendía nada. Mentí.

–Un oso, Ervigio, se me cruzó un oso enorme y me caí del caballo. No pasa nada. Estoy bien, prosigamos hacia el santuario.

El obispo y su cortejo me esperaban a la puerta del templo y el recibimiento fue el propio para un rey cristiano; la nueva cruz presidió el oficio y las sonrisas eran abundantes al finalizarlo.

–Obispo Honorio, antes de vuelva con sus hombres a cuidar vacas quiero decirle porqué realmente he venido a San Martiño.

El obispo tenía ligeras nociones de la batalla que habíamos librado en las tierras del río íbero y cuando le comenté mi intención de pasar la noche en el santuario como expiación de mis penas y búsqueda sincera de respuestas no solo no se opuso sino que me dio su bendición sincera. Tan solo Ervigio me acompañaría en el interior del templo y mis hombres harían la ronda exterior. Había venido como rey, sí, pero también como humilde penitente suplicando la protección celeste.

No le dije nada del monstruo.

Al oscurecer entramos en el templo y cerramos la puerta, lo que allí ocurriera quedaría entre el rey y su caballero. Sus hombres ya sabían que iríamos después a Lugo para nombrarle duque ante el pueblo. Sonreían felices y contentos ante la perspectiva de servir no solo a uno de mis caballeros sino también a un duque.

Sentados en los bancos pronto nuestros ojos se hicieron a la escasa luz de un par de lámparas que apenas iluminaban el altar del templo y con el paso de las horas la lengua se nos fue soltando.

– ¿Qué es lo que tanto te preocupa, Ramiro, como para que tengas que pasar la noche en vela encerrado en un templo? Nosotros estamos vivos y los de Zaragoza escaparon con el rabo entre las piernas, no volverán a intentarlo mientras vivas.

–Eso espero pues a punto estuvimos de perecer todos. Es por aquello, aquello que vimos montado a caballo y diezmando sarracenos.

– ¡Una intervención del Cielo! El Cielo está de nuestra parte, podremos hacer lo que queramos. Tu tío Alfonso bajó una vez hasta Lisboa, mi padre fue con él, nosotros podríamos ir hasta…

– ¿Con qué fuerzas Ervigio? ¿Con qué hombres? Válidos y capaces de plantar batalla solo os tengo a vosotros doce, mis caballeros, lo demás son magnates viejos y sus hijos sin la suficiente formación militar. No tengo un auténtico ejército Ervigio; que no se enteren en Córdoba o nos degüellan para San Martín como a cerdos. Nos falta de todo, por eso te pongo al cargo en Lugo, es la única ciudad bien amurallada de Galicia, nuestro último refugio, en La Coruña aún están levantando almenas y queda muy lejos de todo. Necesito formar un ejército poderoso y para ello necesito recursos nuevos y abundantes.

– ¿Y de dónde los vas a sacar? Esta vaca, ya lo ves, no da más leche.

–De las Rías Bajas. Quiero echar a los bereberes a la otra orilla del río Miño y reconquistar toda Galicia.

— ¿Las Rías? ¿Para qué quieres más pescadores?

—Me gustan los moluscos, me encantan.

— ¡Lo que tienes que recuperar es Ourense!

—Por eso te pongo al mando en Lugo; vete pensando desde ya mismo en cómo tomar esa ciudad y después conservarla en nuestro poder. Ordoño me dice que necesitaré al menos diez mil hombres para un ataque directo, ¿de dónde los saco? Necesito las rías, todas las rías, para dar de comer a tanta gente, ¿y de dónde saco a tanta gente en tan poco tiempo?

—Confía en el Cielo, rey, confía. Ya te enviará algo.

—Eso espero, pues lo único que tengo ahora mismo es sueño. A ver si el santo de los suevos nos echa una mano a mí y al reino. Pero, espera, me parece que me ha guiñado un ojo un ángel.

— ¿Qué dices Ramiro?

—En cuanto claree salimos directos para Lugo, ya te lo explicaré por el camino.

Poco después del amanecer y tras una oración de gracias presidida por el obispo el cortejo real comenzó a bajar para tomar el camino del río Masma dejando atrás San Martiño de Mondoñedo y en charla distendida el rey Ramiro fue desgranando a su nuevo duque sus planes de futuro.

— ¿Ves todos estos montes Ervigio? ¿Qué producen?

— ¿No sé, madera?

— ¿Y qué podemos hacer con esa madera?

—Casas.

—Casas y barcos. Quiero hacerme con todas las rías y llenarlas de barcos, desde pequeñas barcas de pescadores hasta grandes barcos que puedan comerciar con el Imperio Carolingio. Quiero que venga gente de todos los rincones de Europa, cristianos, y que repueblen esa costa cuando expulse a los bereberes.

— ¡Que les vas a dar las rías a los francos!

—Haré donaciones para que se establezcan familias enteras, no se la voy a regalar a quien se quede con el imperio, están en guerra los hijos del piadoso Ludovico y aún no se sabe quién se quedará con todo. Si les diera tierras vendrían por millares huyendo de la guerra entre hermanos.

— ¡Despierta Ramiro! No van a abandonar así como así la seguridad y prosperidad del Imperio para convertirse en gente de frontera. Mira sino Bardulia, ¿cuánta gente ha venido de fuera? ¿Cuántos quieren arriesgar su cuello a diario?

—Construiré más torreones, la próxima primavera lo primero que haré será ir a Vitoria y levantaré más torres en la frontera. Pero, observa, hay algo que sí puedes hacer por mí en esta tierra.

—Lo que ordene el rey.

—Quiero caballos, necesito caballos, miles de caballos para parar las aceifas sarracenas, y tú te vas a encargar de ello.

— ¿Cómo?

—Necesito caballos y gente que desde niño sepa cabalgarlos. Empezarás por las ferias, comprarás los mejores ejemplares para mí, donarás premios a los mejores machos, a los mejores jinetes, ¡aprovecha las fiestas de los santos! El caso es que la gente crie caballos; quiero estos montes llenos de caballos, aunque sean salvajes, y que los chavales aprendan a domarlos y cabalgarlos. La formación militar ya se la daremos nosotros dos o los condes pero el caso es que cuando los necesite y los necesitaré pronto quiero a cientos de jóvenes gallegos montados a caballo, ¿está claro?

—Hordas gallegas, ¿he entendido bien?

—Aproximadamente. Irás entresacando cada año a los mejores caballos y jinetes excelentes para formarlos como caballeros; míralo desde este punto de vista, si tienes que defenderte de una aceifa y solo tienes una horda de campesinos, ¡mejor que vayan todos a caballo! Nos llevará años pero lo lograremos, trabaja con lo que tengas a mano pero vete pensando que el verano próximo, sino se tuercen las cosas, vendré para atacar las Rías Bajas, y hacerme con ellas. Vete pensando. Tienes más de un año por delante.

El recibimiento al rey Ramiro en Lugo fue ejemplar, era un hombre muy querido desde sus tiempos de conde en Sarria, ¡el hijo del rey Bermudo! Y verle llegar victorioso, rey, rey victorioso con su nuevo y joven duque excitó al pueblo que le aclamó y colmó de bendiciones y gracias. Pero apenas duraron dos días los parabienes pues al tercero llegaron al galope Bernardo y Miro enviados por Ordoño: malas noticias, un magnate en Oviedo no respetaba la autoridad de su hijo y hasta se decía que la suya propia; podía estar preparando una revuelta en toda regla.

Una negra sombra cruzó la vista del rey recordando la traición de Nepociano y cuántos buenos hombres murieron en la batalla de Cornellana. Su primer impulso fue tomar su caballo y salir disparado hacia Asturias para empezar a cortar cabezas pero algo le detuvo, algo que le había pasado por la cabeza durante la vigilia en San Martiño y que había comentado con el obispo Honorio: **El príncipe injusto**, lo que había escrito al respecto Isidoro de Sevilla. Que es lícito para el cristiano rebelarse contra un gobernante que no cumpla ni haga cumplir la ley del reino.

—Se justo, Ramiro, en tus decisiones y tendrás a nobles y eclesiásticos y al pueblo entero de tu lado. Siempre de tu lado.

Le había despedido con esas palabras cuando partían para Lugo y él había asentido y a ese pacto consigo mismo se mostraría sometido durante todo su reinado. Como con una fuerte soga así estaría él de sujeto a La Ley durante todo su reinado.

Con calma, preparando bien las cosas, dando las últimas advertencias a su fiel duque dispuso la partida escoltado por sus dos caballeros y un buen grupo de jinetes armados.

—Recuerda Ervigio que el año próximo volveré y ya sabes a qué.

—Seguiré tus instrucciones fielmente, mi rey, pero no te fíes un pelo de esos viejos magnates que más parece que quisieran que volviéramos a los tiempos del rey Aurelio; siempre huyendo y pagando parias a los sarracenos.

—No será así si Dios me vale. Defiende el reino, nos vamos.

Cabalgamos tranquilos de regreso a Oviedo; yo aprovechaba para meditar sobre mi extraño destino y sobre lo que me movía a actuar de un modo u otro. Ser justo, sí, pero, ¿cómo lograrlo? Que yo no soy un sabio como Salomón. También charlaba distendidamente con Miro y Bernardo, dos fuertes mozos, que me contestaban con una franqueza para mí desacostumbrada; nobles ideales, cosas de la juventud. Mi tío Alfonso era el espejo en el que se miraban pero yo soy de otro carácter, tengo otra templanza, tengo hijos. Y al bajar a Grandas de Salime nos sorprendieron; entramos en una zona boscosa y no advertimos la celada. En su envestida tiraron a Miro de su montura. Fue su perdición. Si bueno es combatiendo a caballo pie a tierra es casi invencible, en segundos había cabezas de asaltantes rodando por el suelo. Fue acerva pelea pero salieron huyendo dejando cinco cadáveres en el camino.

— ¿Quiénes son Bernardo? ¿Reconoces algún rostro o distintivo?

—Nada, aspecto de vascos o gascones, ¿ladrones?

— ¿Ladrones vascos en el camino de Lugo?

Nos pusimos sobre aviso y avivamos el paso; en Tineo y Salas fui interrogando a las gentes. Nada sabían de salteadores de caminos así que llegamos a Oviedo con la mosca detrás de la oreja.

Di orden de reunir con presteza a mis caballeros palatinos en palacio y me fui derecho a buscar a mi esposa e hijos. Extrañeza. Apenas se veía gente por las calles y Marcio y sus hombres estaban en la puerta de palacio armados hasta los dientes.

— ¿Qué pasa aquí, mi fiel Marcio?

—Se han levantado contra ti Ramiro, ha habido combates por las calles. Ordoño está bien, Recafredo, Álvaro y Alfonso están ahora mismo con él; practicando en el patio de armas.

— ¿Hermenegildo y los demás?

—Ordoño les envió a Gijón, allí también ha prendido la revuelta. No sabemos cuántos son.

– ¿Y sabéis quien es su caudillo?

—Sobre eso no hay duda: es Piniolo, y todo su clan le sigue.

¿Piniolo? ¿Y todo su clan? ¿Mi conde de Lugo de Llanera se ha puesto farruco con mi hijo? Pero, ¿por qué razón? O sinrazón.

De Ordoño y mis caballeros no conseguí sacar nada en claro así que di aviso al obispo Gomelo para convocar un concilio palatino el domingo, aún estábamos a jueves, había tiempo suficiente para que viniera todo el que pudiera, tras el oficio religioso en Santa María sería el concilio. La razón: ladrones en los caminos. Debían acudir todos los magnates de Asturias; y cuando Ramiro dice todos es todos.

Y el domingo a mediodía tenía a todos los nobles en la explanada de Santa María escuchando mi relato sobre el ataque de los ladrones y las disposiciones que todos ellos deberían tomar para acabar con esa plaga antes de que pudiera extenderse por todo el reino. El obispo a mi lado asentía por encontrar sensatas mis decisiones.

—Si el rey no puede cabalgar tranquilo por nuestra tierra ningún aldeano ni villano se sentirá seguro. Ellos pagan sus impuestos y exigen la protección de sus vidas y haciendas, a todos nosotros.

Así terminó el obispo su corto discurso tras mi relato del asalto y aún añadió.

—Tienen el deber de pagar pero también el derecho a exigir protección, ¿estamos todos de acuerdo?

—De eso se trata, Gomelo, de eso se trata. Yo no tengo medios para vigilar la frontera y a mayores también los caminos del interior, que lo haga el rey con sus caballeros.

— ¿Y eso por qué? ¿No eres el conde más rico de Asturias?

—Lo fue mi padre, yo no, y tengo siete hijos. Y a los siete los tengo vagando por los pasos de la cordillera. No tengo dinero para contratar a más gente y no voy a hacerlo. Tendría yo que ponerme a robar para pagarles.

— ¿Y eso por qué, mi buen conde Piniolo? Le pregunté levantándome de la silla.

—Por esto. Y abriendo los brazos me indicó la ciudad nueva. —Hasta los tiempos de mi padre todo pasaba por Lugo de Llanera, los caminos del interior, las rutas a Gijón y Avilés, ¡todo! Pero tu tío Alfonso decidió venirse a vivir aquí, un sitio que no valía ni para criar vacas, y ahora tú, según dice tu hijo, vas a ampliar la villa, hacer nuevas iglesias, otro palacio…

— ¿Y eso a ti que te importa?

—Pues que en Llanera ya no para ni Dios. Todo viene aquí, todo se queda aquí, y yo no tengo ingresos. Así de claro.

Problema de dineros. Casi todos los problemas de este mundo vienen por los cochinos dineros.

—Bien has presentado tu problema, así que aquí, ante todos los nobles dispongo que dejes el condado; tú y tus hijos permaneceréis en Oviedo hasta que te asigne un nuevo destino.

— ¡Que tú, gallego de mierda, me vas a quitar el…!

Es mala idea abalanzarse hacia un rey exhibiendo una daga en la mano, sobre todo cuando éste lleva en la suya un cetro de oro.

Le partí la cabeza al primer viaje. Sus hijos aullaron como lobos, desenfundaron y se vinieron por mí y tras de ellos algunos partidarios pero tan solo para caer muertos a manos de mis caballeros y algún noble que se mostró fiel aquella mañana infausta. Cuando callaron las armas había quince muertos en la plaza y pronto habría más pues con el cuello puesto al degüello alguno cantó los nombres de sus cómplices en otros lugares del reino.

Fue una sarracina de las gordas. Una sarracina bajo la mirada de Santa María; no me lo he perdonado ni me lo puedo perdonar.

— ¿Por eso ordenaste levantar un templo dedicado a San Miguel Arcángel, padre?

—Sí, fue por eso, Aldonza; bueno y por alguna otra cosa más.

Dispuse que dieran cristiana sepultura a los finados y llamé a palacio a mis caballeros. Iba a haber cambios en el reino, y a la carrera. Tras la cena y con Ordoño a mi lado expuse mi plan a los caballeros.

—Lo primero que tengo que deciros es que Piniolo estaba en lo cierto, sí, voy a hacer todo lo posible por Oviedo. Esto no será Córdoba ni Toledo, hasta hace unos años no había más que unos monjes cuidando ovejas y cabras, pero a gente nueva capital nueva. Continuaré con lo que empezó el rey Alfonso y voy a levantar una ciudad para vosotros, los jóvenes. Yo no la veré concluir probablemente pero vosotros sí. ¡Marcio!

— ¡A sus órdenes mi rey!

—Tú te quedas a mi lado. Creo que entiendes algo de caballos.

—Algo sé, Ramiro, me crié entre ellos.

—Bien, voy a construir un nuevo palacio en el monte Naranco y unas grandes cuadras, tú serás el encargado de levantarlas y de adquirir en todo el reino los mejores ejemplares para llenarlas. Yo te proveeré de fondos y solo a mí rendirás cuentas, ¿estás de acuerdo con la labor que te pido?

—Criaré caballos para mi rey si es su deseo.

—Y me formarás jinetes de donde iré sacando los próximos caballeros, y hay más, la seguridad de la ciudad, el palacio, y eso incluye este tolondro de hijo que tengo quedará en tus manos; especialmente cuando yo esté lejos. ¡Tú a callar, Ordoño! Y aprende de Marcio. Bernardo y Miro, ahora os toca a vosotros.

—Tendremos que cuidar tus vacas y ovejas, ¿no es eso?

—Acertaste, Bernardo. Vosotros dos, os quiero ver recoger vuestras cosas y hombres mañana mismo. ¡Bernardo! Tú serás mi conde en Vitoria; te toca defender la ciudad y la frontera, ¡ni pestañees! Miro tendrá que cubrirte las espaldas, ¡Miro! Serás mi conde en Bardulia. ¡Ah! y me degolláis a ese par de traidores que tenía de condes sin miramiento alguno; ya están juzgados y condenados por traición. Otra cosa, Miro, quiero que indagues entre los vascos, si han formado compañías de ladrones para trillarme el reino. Desde hoy mismo ningún vasco podrá cruzar el Nervión con otra cosa en las manos que no sea una hoz para segar hierba, ¿está claro? Hasta nueva orden será así; explícaselo suavecito que ya sabes como son. Necesitamos su hierro pero las espadas ya las haremos nosotros.

—No tengas problema que se lo contaré y repetiré las veces que haga falta hasta que se convenzan.

—Estupendo y de paso a ver si me los cristianas hasta el Bidasoa por lo menos. Bernardo, quiero que repases una y cien veces la frontera y vayas buscando dónde levantar nuevos torreones; los de Zaragoza volverán, si no es un año otro será. Y otra cosa más: quiero que me prepares una entrevista secreta con ese que dice ser rey de Pamplona, ¿cómo se llama? ¿Iñigo?

—Iñigo Arista, padre.

—Bien, con el Arista quiero verme, a ver si averiguo de una santa vez si solo es medio árabe o árabe entero y verdadero, porque ya no sé qué pensar de ese tipo, ¿me has entendido Bernardo? Una entrevista en la próxima primavera. Y bueno, a ver si podemos pasar un invierno en paz y tranquilidad, ¡Dios lo quiera!

— ¡Eh, eh! Falta una cosita mi buen rey.

— ¿Y qué cosita es, mi dulce Recafredo?

—Lugo de Llanera se ha quedado sin conde, ¿a quién nombraréis? De entre nosotros, espero.

—A Hermenegildo. Ya he mandado a buscarle.

— ¡Qué bonito! Ese, y los otros, que se han pasado estos días tomando sidras en la playa de Gijón ¡y le nombras conde de Llanera!

—Ya veis cuánto os quiere el rey. Es el más apropiado. Es hijo de mi duque de Cantabria y está acostumbrado desde niño a patrullar las montañas; será mis ojos y oídos en los pasos de la cordillera. Si el emir de Córdoba nos manda una aceifa inesperada él será el encargado de parar el primer golpe, hará bien su trabajo y no será por dinero, que a su padre le sobra, ¿y vosotros? ¿Seguiréis a mi lado por voluntad propia o por dinero?

¡¡Juramos servirte!!

Exclamaron todos a una y en pie mis caballeros.

— ¿Eras feliz con ellos, padre?

—Sí, Aldonza, sí. Buenos hombres, siempre fieles; todo es verdad, ausente el odio, de cuanto te cuento, corazón mío. Hermenegildo, que más bueno no puede ser el hombre, pronto me convenció que tener un conde en Lugo de Llanera ya no tenía sentido y buscó un lugar cercano a Cornellana llamado Grado donde construir un torreón y desde allí poder hacer el trabajo que le había encomendado.

El invierno fue tranquilo y también la primavera y cuando por los mayos me llegó aviso de Bernardo de que ya tenía acordada la entrevista con el Arista me fui a Vitoria con mis fieles Recafredo y Alfonso el pelines.

— ¿Por qué le llamabas así, padre?

—Porque nunca se recortaba ni barbas ni cabellos.

Ordoño quedó en Oviedo con Poterna y contigo, a ver si se echaba una novia asturiana; pero no hubo manera. En el valle de Mena se me unió Miro y sus hombres y así llegamos a Vitoria donde Bernardo nos esperaba. La entrevista sería en un lugar llamado Albéniz, casi en la frontera entre los alabanenses y los de Pamplona. Solo podían estar conmigo dos caballeros, y otros dos entrarían en la villa acompañando a don Iñigo. Pero cuatrocientos pasos por detrás de Recafredo y Alfonso y mis hombres vendrían Bernardo y Miro con su tropa.

La vieja calzada romana cruza por medio de la aldea y mis hombres se quedaron a las puertas. Recafredo y Alfonso me precedieron hasta un gran caserío donde descabalgamos para esperar al Arista, que no se hizo de esperar; ya habíamos descorchado un barril de sidra cuando se presentó.

– ¿Cómo es don Iñigo, padre?

–Raro. El tío más raro que he conocido en mi vida; afable, algo tendrá de vasco tal vez, pero que no quería probar la sidra con el calor que hacía; en fin, intenté sacar algo en claro con él.

Que debíamos apoyarnos y tal y tal, que el enemigo común era el Emir de Córdoba, que no trataría de mover la frontera con los alabanenses; yo ahí le tiré el anzuelo de que podríamos mejorar y reparar la calzada para que mis tropas pudieran ir rápido en su ayuda desde Vitoria, ¡sus ojos hacían chiribitas! Y estuvo de acuerdo, se pondría él mismo manos a la obra. Y que yo iba a bajar la frontera de la Sierra de Cantabria al río Ebro en cuanto pudiera, y ahí me torció el ceño. Que él no podía ayudarme en eso, que se debía sus hermanos de fe.

– ¿Qué fe? ¡Por Cristo! ¿A quién se debe un rey?

No soltaba más que vaguedades; que no podía enfrentarse a sus parientes y hermanos de fe de Zaragoza, y no sé cuántas cosas más de los tiempos de Carlomagno.

–Vale que no te enfrentes a tus parientes pero ¿no te creerás que les vaya a dejar volver para ponerme parias? Iré poniendo la frontera Ebro abajo, a mí no me pone parias ni el de Córdoba; así reviente.

–Hazme caso al menos en esto, Ramiro, no te enfrentes ni a los árabes de Córdoba ni a mis hermanos de Zaragoza.

– ¿Pero es que sois todos familia de Vitoria para allá?

—Somos hermanos en la fe de Mohamed.

— ¿Mohamed? ¿El hijo de Abderramán? ¿El general de sus ejércitos ha creado una nueva secta?

—No; no, no, no. Mohamed, el Profeta de Arabia, ¡Dios sea con él!

— ¿Me estás diciendo que los árabes, allá en su puñetero desierto de los escorpiones, tienen ahora un profeta?

—Lo tuvieron, lo tuvieron ya hace siglos, y escribió El Libro.

— ¿Que escribió un libro? Manda cojones, ¿con profecías y todo? Igual se creía el Quinto Evangelista. ¿No quieres sidra?

—Con profecías Ramiro, y la Ley Divina. Escribió El Libro. Este Libro.

—Mira, Iñigo, no entiendo ni papa de árabe y del vasco poco, lo poco que recuerdo de mi madre doña Uzenda, y si es por libros, si es por libros, ya te doy la primicia: estoy levantando un nuevo palacio y un monasterio en Oviedo y voy a poner a veinte monjes a escribir libros en cuanto vuelva a Asturias. ¿Que por un libro no me vas a ayudar a echar a esas jarcas africanas de vuelta a su tierra?

—Es el Libro del Profeta; El Mensajero fue a caballo atravesando por los cielos hasta llegar al Rostro del Señor.

— ¡A caballo!

Pues no hubo manera; tentado estuve de decirle que cogiera el mío y fuera subiendo. El tío erre que erre con que tenía un libro; que encima no era capaz de leerlo pues estaba escrito en árabe. Ya te digo, Aldonza, el hombre más raro que me he cruzado en la vida.

– ¿Y por eso llenaste mi monasterio de monjes escribientes?

–Y porque te hicieran compañía, corazoncito.

–Me cuentan que hacen libros muy grandes y muy bonitos.

–Bien cierto es. Beato, que en paz descanse, estaría orgulloso de ellos si viera los códices que realizan.

Y bueno, regresé a Asturias más bien tirando a cabreado, eso sí, no antes de darle instrucciones muy precisas a Bernardo y que no se fiara un pelo del Arista. Que reparase la calzada hasta la raya del reino, ni una legua más allá, y la vista siempre puesta en el Ebro.

Iba dándole vueltas y más vueltas a cómo podría bajar la frontera por el valle inmenso con tan pocos hombres armados cuando, pasando Infiesto, un mensajero nos llegó a la carrera.

¡¡Gijón atacada!!

Una flota de naves llegada del norte está atacando la ciudad. Hice recuento rápido, Vicente y Aurelio habían quedado al cargo de su defensa. ¿Cómo cruzamos de Infiesto al mar? ¿Qué ruta podemos tomar? Decidí continuar hacia Oviedo, por las montañas tardaría dos días al menos.

Horas más tarde otro mensajero llegó enviado por Ordoño.

Gijón a salvo, ataque rechazado, regresar a Oviedo.

Picamos espuelas y continuamos hacia mi capital. ¿Así que una primavera tranquila? ¿De dónde habrá salido esa flota? ¿De los francos? Pero si siguen de guerra civil. ¿La habrá enviado Abderramán desde Lisboa? De nuevo en guerra, a uña de caballo defendí mi reino y los caballos me dieron la vida y su alma. Cuántos habré reventado.

Cuando llegamos ya tenía toda la caballería formada y dispuesta para partir. Ordoño me puso al día a la carrera.

—No, tú no te vas de Oviedo, te quedarás con Marcio y Hermenegildo para defender la ciudad.

— ¡Pero si informan que la flota a continuado rumbo hacia el oeste!

—Añagaza vieja. Salimos todos corriendo, ¡baja del caballo! Y dejamos la ciudad desvalida, ¿no? ¡Mensajero! Parte presto hacia Lugo, avisa a Ervigio, que vaya a La Coruña con todo lo que tenga. Mi caballería irá detrás de ti, así que no te duermas. Que aguanten los coruñeses hasta que lleguemos. Largo.

¡Álvaro!

Tú conducirás el grueso de mis tropas hacia Lugo y de ahí a La Coruña, te acompañaran Diego y Odoario. Largo. ¡Recafredo! A mi rabo, tú y Alfonso seguiréis conmigo. Partiremos mañana al amanecer. Mandaré aviso para que Vicente y Aurelio se nos unan en Muros de Nalón con todos los que tengan a mano. Seguiremos el camino de la costa hasta encontrar esa flota fantasma.

Así lo dispuse y así se cumplió.

Frescas entre la niebla y húmedas del calabobos me presentaron unas sardinas recién fritas mientras esperaba la llegada de Vicente y Aurelio en una casona de Muros de Nalón. ¡Me supieron a gloria! Aún recuerdo su sabor.

—Pero a ti lo que te encantan son los moluscos, padre.

—Y el marisco de vez en cuando. Donde esté un buen bogavante…En fin, déjame proseguir hija que se me va la cabeza.

—Es por las heridas que te hizo el oso, que se han infectado.

Sí, ya, el oso.

Pasaré a la historia como otro Favila.

Al menos Ordoño ha demostrado ser un fiel custodio del Arca Santa que guardamos en Oviedo.

Marchamos por los caminos de la costa parando aquí y allá buscando noticias de la extraña flota. Unos pescadores de Navia me dieron la cifra exacta: cuarenta y dos navíos, una única vela y remos a los costados, pero no eran bajeles sarracenos, más pequeños, escudos redondos colgados de los costados, no llevan caballos, entre veinte y treinta hombres a bordo de cada uno.

— ¡Joder! Unos mil doscientos guerreros embarcados. ¿Y cuántos llevo yo detrás? Cuarenta y cuatro.

—Nos tienes a nosotros cuatro, Ramiro.

—Ya lo sé, Vicente, y a estos cuarenta fieles. Prosigamos, algo tenemos a nuestro favor.

— ¿El qué mi rey?

—Caballos, Aurelio, tenemos caballos; cuando bajen de los barcos tendrán que ir a pie. Y, por cierto, ¿no decías que serían unas veinte naves?

—Como para hacer cuentas estaba yo, ¡vaya bestias! ¡Con qué furia nos atacaron! Mis hombres me dijeron que unas veinte naves desembarcaron en la playa, a las otras no las veíamos por la neblina. Mira que he peleado con vascos y bereberes y no sé cuántas tribus de negros pero esa gente, ¡esa gente tiene poco de humano! Ramiro.

—Pero se les puede matar, ¿verdad?

— Calculo yo que mataríamos o heriríamos de gravedad a unos veinte o veinticinco. Se llevan a sus muertos. No sé, los echarán al mar. Bastante tuvimos con defender el asalto a las murallas, tendremos que recrecerlas; Ramiro, si me das permiso…

—Eso no es trabajo para ti en estos momentos, Aurelio. Ya buscaré a otro que refuerce la muralla. Sigamos.

Cruzamos el río Eo y horas después el Masma; aprovechamos para comer algunas lampreas y anguilas que los pescadores estaban desembarcando. Sin noticias de la flota bárbara. Cabalgábamos cerca de los acantilados oteando presencias extrañas. Nada.

El hombre es nube que los sueños arriman a la costa. Maravillosos acantilados. Hicimos un alto en el camino cuando ya trotábamos hacia Vivero, por aliviar los hombres y descansar las fieras.

Y volvió a ocurrir.

Me había alejado unos metros de mis hombres para aliviar mis carnes cuando, al levantarme, noté un fragor entre las altas urces. ¿Un jabalí? Saqué la espada; pero no era un jabalí de colmillos retorcidos sino el monstruo de San Martiño. Su ¿voz? Golpeó mi frente como una pedrada.

— ¡RA-NI-MIRUSS! ¡¡REX!! ¿CRUX AL SAN-TO?

Aunque su presencia era espantosa bajé la espada.

—No hay cruz al santo esta vez. Flota enemiga ataca mi reino, les voy siguiendo el rastro.

— ¡YO VER! GEN-TE DEL NOR-TE, ¡PA-GANOSS!

¿Paganos? ¿Del norte? ¿Los sajones han bajado desde Britania? ¿A Hispania? Ni somos enemigos ni son paganos, sus barcos son bienvenidos en mis puertos. Entonces, ¿Quiénes? ¿De dónde han salido esas fieras?

No podía evitar pensar en cuarenta cosas a la vez mientras el monstruo daba vueltas y revueltas en redor mío.

—Vade, monstruo, tengo que defender mi reino. Vuelve a San Martiño, largo.

—TÚ REX IN CHRIS-TUSS, RA-NI-MIRUSS. YO ABRAN-CARE TU REI-NO, ¿SÍ?

¿Abrancare? ¿Qué quería decirme el monstruo? ¿Habla de Cristo? ¿Esto qué es?

— ¿Me ayudarás, sí?

—SÍ. AYU-DAR. TÚ CUI-DAR AMI-GASS, ¿SÍ?

— ¡Tienes amigas! ¿Son como tú? ¿Dónde viven?

—AMI-GASS EN LA MAR, ELLAS CAN-TAR. CAN-TAR SOBRE LAS RO-CASS NO-CHES DE LU-NA CLA-RA. ¿TÚ PRO-TE-GER? ¿SÍ? ¿REX?

Tenía el acantilado a menos de veinte pasos y trataba de imaginarme que tipo de seres podían cantarle al monstruo desde las peñas entre las olas en las noches de luna llena.

— ¿RA-NI-MIRUSS?

Le miré a los ojos, enormes, de lagarto, oscuros, y entreví una pena profunda y pesada como no hay losa bajo la que se encuentre cristiano enterrado.

—Cuidaré de tus amigas. Dije sin pensar, como si hablara en un extraño sueño.

—SUNT PAC-TA SERVAN-DA.

—Pacta sunt servanda, monstruo.

Y desapareció como una centella entre los matorrales.

En la calma de un soplo de muerte que su presencia se llevó consigo caminé hasta mis hombres pisando entre retamas un rocío como de sangre; como un sueño entre vapores y espectros familiares me llegué hasta mis hombres y me senté en una piedra.

¿Qué podía contarles?

—Pues sí que te has aliviado, Ramiro, se te ha quedado la cara de haber visto un muerto. ¿Continuamos hacia Vivero?

—Esperar a que me reponga y volvemos a montar.

Con las últimas luces del día nos acercábamos a Vivero, ya veíamos a los lejos los fuegos de su fortaleza, pero bajando por el camino nos encontramos con una extraña procesión de penitentes. Ataviados con hábitos blancos, como mortajas, y con antorchas subían a nuestro encuentro.

Aurelio les salió al paso.

— ¿Dónde van a estas horas con las caras tiznadas y vestidos de mortajas? ¿A alguna ermita cercana?

—Nosotros no vamos ya a ermitas y ni a santos, ¿dónde va su compañía por estas fragas? Le espetó el que iba en cabeza portando un guión con el signo de un trisquel antiguo.

—Vamos a San Andrés de Teixido, a orar por el reino en estas horas infaustas, ¿no han visto la flota bárbara?

—La hemos visto, trae la muerte consigo. Nos vamos al monte a danzar y llamar a los dioses antiguos. Siga la compañía hacia Teixido, tal vez lleguen mañana si cabalgan ligeros.

— ¿No querrían venir conmigo? Soy el rey Ramiro. Me adelanté para presentarme.

—Por nosotros como si eres el rey de Roma. Sigue tu camino; no nos esperes que la muerte nos llama. He hizo el ademán de seguir su paso y todos los penitentes le siguieron aullando extraños cánticos de pelágios.

Me calenté y la solté.

—Os juro por Dios Bendito que aquel que no vaya a San Andrés de Teixido de vivo, aunque tenga que arrastrarse como las culebras, irá de muerto meneando la cola como las lagartijas. ¡El rey ha hablado! Sellasteis vuestro destino. Continuemos hacia Vivero.

Y piqué espuelas.

Noche plácida en la villa marinera. Me sirvieron para cenar un caldero de mis moluscos favoritos y un mero, ¡había hambre caramba! El lecho que el señor de la villa me había preparado era cómodo pero tuve un extraño sueño: un león africano peleaba y se revolvía contra el monstruo de San Martiño en una campa soleada, al fondo una ciudad amurallada, inmensa. Yo no paraba de pensar, en sueños, ¿será Legio? ¿Será Astorga? ¿Dónde pelean esos bichos? Y ellos venga a tirarse dentelladas y zarpazos. Me desperté angustiado y esa pesadilla me ha acompañado el resto de mis días, y noches.

A la mañana siguiente, cuando estábamos saliendo de la villa para seguir costa adelante llegó un mensajero de mi fiel Álvaro:

La flota extranjera ha cercado La Coruña. Ervigio llegó a tiempo, está defendiendo sus murallas. Tu ejército va para allá todo lo rápido que puede. Punto de reunión. Instrucciones.

—Cambia de caballo y te vuelves a La Coruña. Yo voy directo para allá, que me deje Álvaro una reata de caballos frescos en Betanzos. Llegaremos cuando lleguemos y entre mientras que ataque con todo y les abrase todas las naves que pueda hasta que yo llegue.

Bien se lo decía a Ervigio: ¡necesito caballos! Cientos de caballos para proteger el reino.

Pero cuando alcancé a tener la ciudad a la vista no quedaba ni una nave a la vista. ¿? Odoario vino al galope para informarme.

Combate acervo, muchas bajas de ambos lados el día de ayer. Huyeron esta noche, dejaron tiendas y muertos en la arena, muchas armas. La Coruña a salvo.

Ya más templado refrené a mis hombres. Al paso o matamos los caballos.

— ¿Y a quién se le ocurrió atacar la noche pasada si estamos de luna nueva y no se veía a jurar?

—No lo sabemos, Ramiro, nosotros no fuimos; habíamos acampado en la zona de Liñares para volver a atacarles esta mañana y Ervigio jura y perjura que no salió de las murallas en plena noche oscura. El caso es que esta mañana no quedaba una nave foránea a la vista. Tienes que verlo.

— ¿El qué?

—Como son, bueno, lo que ha quedado de ellos.

¿Lo que había quedado de los invasores?

Cuando llegué a la playa tan solo quedaban jirones y palos de las tiendas de campaña, restos de hogueras, algunos cascos extraños, hachas, cuatro espadas, muchas lanzas y escudos redondos,…

— ¿Y los bárbaros?

—Te estábamos esperando rey Ramiro, desmonta y ven. Veinte cadáveres dejaron en la arena, los tenemos aquí, cubiertos con lonas.

—Gracias conde Alarico, has defendido bien la ciudad y seguirás defendiéndola. ¿Qué tienes para tu rey?

Y me mostró los cuerpos.

Debió ser el olor que desprendían. Y que estaban a trozos.

—Echarlos al mar, ya he visto bastante. No son cristianos.

Pero, ¿esos cortes? ¿un oso? ¿veinte osos? ¿esas dentelladas? ¿Veinte osos? ¿Y salieron de estampida en plena noche? ¿veinte osos? Pero si serían más de mil guerreros...

—Tirar sus restos al mar y que den cuenta de ellos los tiburones, ¡Ervigio!

— ¡Sí, mi rey!

—Buen trabajo, llegaste a tiempo y los osos hicieron el resto.

— (¡Los osos! No hay osos en esta tierra al borde del mar. Esto ha sido alguna extraña magia como la que se nos vino encima en la batalla del Ebro, señor)

— (Si el rey dice que han sido los osos, han sido los osos, Ervigio) ¡Álvaro! ¡Diego! Formaréis dos patrullas de veinte hombres a vuestro mando y peinaréis la zona para librar del peligro de los osos a mis fieles villanos coruñeses. Me esperareis en Betanzos; legua a legua, monte a monte, vais a limpiar el territorio de este peligro extremo, ¡ya estáis tardando!

Permanecí un par de días más en La Coruña revisando las murallas y el puerto siempre acompañado por mi conde Alarico.

— ¿Y bien, cómo eran sus naves?

—Unos bajeles muy simples, de poco calado, que pueden atracar en la playa. Desembarcan y embisten como fieras, poco más te puedo decir.

— ¿Podríamos hacerlas nosotros?

— ¡Y mejores! Si das tu permiso yo empezaría a…

—Permiso tienes para hacer un par de naves, ve buscando la madera, ya te enviaré de Cantabria o de donde sea gente que sepa hacer barcos grandes.

—Pero, ¿solo dos? ¿Qué hago con dos naves contra más de cuarenta?

—No quiero que me ahogues mucha gente mientras aprendes a navegar. Harás dos y más grandes, que sean capaces de embarcar al menos cuarenta guerreros en cada una. Nosotros no somos bárbaros sin ley ni cabeza. Tienes dos años para construirlas y aprender a manejarlas.

— ¿Dos años? ¿Y eso por qué?

—Porque son cosas mías. Cuarenta hombres más los pilotos, y que sean capaces de manejarse en esta costa, ¡en verano! ¡Con buen tiempo! No te quiero ahogar, tendrás que enseñar a los hombres a navegar por estas costas. Te doy dos años o te mando a plantar grelos a Navia de Suarna. ¿Lo conseguirás?

—Cuenta con ello Ramiro, tendré los hombres y las naves listas en dos años.

—Confío en ti. Vicente y Aurelio se quedarán un par de semanas contigo, ellos y sus hombres son expertos en murallas y almenas y todo eso. Recuerda el asalto, recrece lo que haga falta, mejora el firme de la calzada, cualquier cosa que se te ocurra por si esa flota regresa, que te pille mejor preparado en la próxima ocasión, ¿de acuerdo?

— ¡Para servir al rey nací!

—Así me saliste de feo Alarico, hijo. Confío en ti, recuérdalo siempre, y en que lograrás hacer lo que te pido. Mañana nos vamos, tú haz bien tu trabajo y llévate bien con Ervigio, que es un buen hombre, muy joven, sí, pero se matará por ti y los tuyos las veces que haga falta.

—No te fallaré, rey Ramiro.

Y no me falló nunca, es bien cierto.

Ya de vuelta hacia Oviedo al llegar a Betanzos me esperaban a la entrada de la villa Diego y Álvaro, muy ufanos.

— ¿Dónde están mis osos?

— ¿Qué osos, Ramiro, qué osos? Esta gente asegura que no se han visto osos por aquí jamás de los jamases.

— ¿Que dónde están mis osos, Diego?

—El único oso aquí eres tú, rey, no empieces.

—En algún lado estarán los osos que mataron a los extranjeros y les hicieron huir, digo yo.

— ¿Pero desde cuándo los osos atacan en manada? Eso fue una magia extraña.

— ¿Magia, Recafredo? La que vas a tener tú y el que se ríe a tus espaldas, te he visto, Alfonso. De aquí hasta Lugo me vais a explorar todo el lado derecho de la calzada. Diego, y tú, Álvaro, os estáis ablandando y me estáis defraudando, para vosotros el lado izquierdo. Y cuando el rey llegue a Lugo quiere en su mesa la cabeza de ¡sus osos!

¡¡Largo!!

– ¿Y te consiguieron los osos, padre? ¿Cuántos?

–Uno y gracias, ¡que puñetero este Álvaro! Lo debió encontrar en una feria porque ya era viejo y medio desdentado. El caso es que nos reímos bastante.

No paramos mucho en Lugo pues la bodega de Ervigio no daba para gran cosa y al despedirme me espetó un:

– ¿Este verano vamos a comer moluscos a las rías?

¡Que tentado estuve de decirle que sí!

–Consígueme caballos, duque, y ya veremos el año próximo. Por cierto, una cosa, de rey a duque. Ven aparte.

–Tú dirás.

–Volví a pasar por San Martiño camino de Vivero, ya sabes, siguiendo la flota y ¿tú sabes si en esa zona cazan marsopas? Los pescadores.

– ¿Marsopas? ¡Ah! ya, unos delfines pequeños, algo similar. No sé, alguna pillaran en las redes.

– ¿Y se las comen?

–Ni idea, nunca lo oí. Mucha hambre tendrían que pasar los pescadores, supongo.

–Bueno, pues por si acaso, esto he decidido, atento. Manda mensajeros a la costa marina y que anuncien en cada aldea que el rey Ramiro decreta que está prohibido cazar marsopas. Y si alguna se enredase en las redes que sea devuelta al mar inmediatamente. Los castigos serán tan severos como si cazaran uno de mis ciervos o gamos. ¿Entendido?

— ¿Ahora te ha dado por comer marsopas? ¿Sus testículos tal vez?

— ¡Eso no se come, cojones! Las marsopas, y ya puestos los delfines también quedan bajo la protección del rey, yo. ¿Está claro?

—Claro como el agua de la fuente, Ramiro. Que tengas buen viaje de regreso a Oviedo.

—Gracias y hasta la vista, que si las cosas no se tuercen será el verano próximo. ¡Mi caballo! Nos vamos.

El viaje fue tranquilo y feraz el verano, empleé el tiempo discutiendo con Poterna sobre el tamaño de las estancias, cómo vestirlas, el tamaño del templo de San Miguel Arcángel, en fin, cosas de esas que tanto os gustan a las mujeres.

—Es muy mandona Poterna.

—Sí, pero muy devota. Es muy recia mi reina cántabra. Siento en el alma no haberle dado un hijo.

—Tienes a Ordoño, padre.

—Pero me salió muy rebuscado, intrincado, reservado, vasco, ¡cojones! Salió a su madre, el mismo carácter.

— ¿Era guapa mi madre?

—No era guapa como Poterna pero era, fue, como un arroyo que comienza cantarín y termina siendo río que arrolla todo cuanto se le pone por delante. Sí, ojalá, el reino tenga la suerte de que Ordoño haya salido cagado a su madre; Dios lo quiera y no me equivoque; falta le hará ese empuje que tenía doña Urraca.

La primavera del año siguiente discurría tan leve e insólita que por momentos nos hacía olvidar la barbarie del siglo y era que habitamos, vendrán tiempos mejores parecían gritar las flores, y entonces me llegó un mensajero de Hermenegildo:

Caravanas, de gentes diversas están subiendo por la ribera del Esla. Hombres, mujeres y niños, ancianos, arrastrando sus pertenencias río arriba. Herme ya había partido para allá con sus mejores hombres, pero necesitaba instrucciones.

Dejé a Poterna discutiendo con los canteros y a Ordoño con los comerciantes y magnates de Oviedo. Mandé formar una gran cuña de hombres y caballos y llamé a mi lado a cuatro de mis fieles caballeros.

—Aurelio y Diego, Álvaro y Recafredo, iréis conmigo, los demás os quedaréis con Ordoño y Marcio. Nos vamos a la meseta.

— ¿Una aceifa, Ramiro? Solo llevamos cuarenta jinetes con nosotros.

—Hermenegildo dice que es otra cosa, gente desarmada, pero por docenas. Vamos a descubrir de qué va esta feria. Partimos hacia las montañas.

Bajando por la vieja calzada del río Esla nos llegó un mensajero de Hermenegildo:

Nos esperaba con sus hombres más adelante y el jinete nos guiaría. Herme estaba en lo alto de un monte, la Peña del Aguilar, vigilando desde las ruinas de un castillo suevo, la vista se extendía leguas y leguas en un día tan claro.

— ¿Qué tenemos viniendo, Herme? ¿Por qué me has hecho llamar?

—Mira bien Ramiro, por la margen izquierda del río. Caravanas con cientos de personas, viejos, niños, animales. ¡Una estampida podría matarlos a todos! Algo ha pasado en Toledo o Córdoba, en las tierras del emir, y tenemos que averiguarlo.

—Mirando no arreglaremos mucho. Bajamos al río, todos, ¡ya!

Y bajamos en su búsqueda.

Algunos, los primeros, ya habían acampado en unas praderas a la entrada de la cordillera cantábrica. Mandé a Diego y Álvaro a explorar río abajo.

Necesito oír su historia.

— ¡Soy el rey Ramiro! Cristiano, ¿Quiénes son ustedes?

— ¡Salud, rey de los hispanos! Constantiniano, presbítero de San Vicente en Córdoba; venimos a pedir refugio en la Montaña de don Pelayo.

— ¿Venís desde Córdoba?

—Huyendo venimos, rey, y acogida cristiana solicitamos.

— ¿Y a qué es debido que abandonaseis Córdoba? ¿Os trataba mal el emir?

—No era muy malo, hasta el año pasado.

— ¿Y?

—Una flota de barcos subió la primavera pasada por el río Guadalquivir, asoló Sevilla y a punto estuvo de arrasar también Córdoba, pero Abderramán salió victorioso en la batalla y les hizo huir río abajo.

—Yo también he sufrido esos asaltos en mi reino. Son gente del norte, idólatras, no tengo nada que ver con ellos.

—Pero el caso es que el emir y sus consejeros piensan que son federados tuyos, haciendo labores de rapiña para debilitarle y favorecer a los cristianos del norte. Los fanáticos de la cruz os llaman.

— ¿Y?

—Nos ha amargado la existencia, rey. No nos ha quedado más remedio que huir con lo puesto hacia tu reino. Nos mataba de hambre con sus impuestos, ¿tú haces lo mismo con tus súbditos?

—No soy Salomón, Constantiniano, pero procuro ser justo. ¿Cuántos sois?

—Ni la menor idea. Pero estima que más de tres mil partimos de Córdoba y otros muchos se nos han unido por el camino.

¡¡Tres mil!!

Sale dando zancadas de oso, pues un rey nunca corre, a la búsqueda de Hermenegildo que está hablando con dos de sus mensajeros, le hace una seña para hablar aparte.

—He conversado con uno de sus jefes y me dice que serán más de tres mil almas, ¿qué te dicen tus jinetes?

—Que por sus cuentas, así por lo bajo, ve pensando en cinco mil mozárabes subiendo río arriba.

¡¡Cinco mil personas!!

¿Dónde meto yo esta marea humana?

Y no eran cinco mil, eran más del doble.

—Y te los llevaste a Legio, padre.

—Sí, y que Dios me perdone. Me pareció la mejor solución, ¡la única solución!

(¿Qué es lo que mueve a actuar a un gobernante?)

¡Recafredo, Aurelio! Vamos a cruzar a toda esta gente a la otra orilla del río. Hermenegildo, esperaras a los que vienen subiendo para cruzarlos y vendrás detrás de mí; Diego y Álvaro, iréis río abajo, hasta La Mansiella del Ponte, y desviaréis todas las caravanas hacia Legio, que todos vayan hacia la vieja ciudad romana por la calzada.

— ¿Les llevas a las termas, mi buen rey, para que limpien sus miserias antes de entrar en tu reino florido? Gran Ramiro.

—Justo en el centro de la diana; tú siempre tan perspicaz y buen arquero, mi pequeño Recafredo. Les llevamos a Legio porque les voy a otorgar título de colonos, a todos los que ves y a todos los que vengan.

— ¿Que les vas a donar una ciudad?

—La ciudad, está un poco ruinosa, y todas sus vegas; tendrán leguas y leguas donde asentarse y cultivar sus huertas. ¿Alguna cuestión?

—Perdona, rey, pero ¡no puedes hacerlo! ¿Cómo se pondrán en Asturias? ¿Y en Cantabria? Habrá llamaradas.

—Como se le ocurra a alguno tocarme la gaita se va a enterar de quien es Ramiro. Escuchad, Herme, tú que tienes cabeza, ¿te imaginas lo que sería ubicar y reubicar miles de personas entre Asturias y Cantabria en cuatro días? Los pleitos me enterrarían a mí y a mis descendientes hasta la octava generación. Son gente nueva, ¡tierras nuevas! Es de justicia.

—Pero más de uno de los magnates se va a subir por las paredes.

—Solución ya tengo, y es bonita. A todo aquel que se queje: patada en su culo mojado de estar sentado en la playa y le mando de colono a estos valles y montañas. Verás tú lo que duran las quejas. Venga, manda exploradores por delante y que nos busquen el camino más corto hacia Legio.

Así lo dispuso el rey Ramiro y así se cumplió.

Es labor de rey buscar sustento para sus súbditos.

La ciudad estaba podre pero los campos parecían fértiles cual Babilonia de Occidente. Las gentes del sur abrían los ojos como platos cuando nos acercábamos tras cruzar el río Torío. Las murallas estaban firmes, ni don Alfonso el Católico pudo tirarlas abajo; rápidamente fui haciendo repartición de tierras y lugares.

Al presbítero Constantiniano, que me había acompañado todo el viaje le otorgué la parroquia de Santa Mariña de las Aguas Santas, en el interior de las murallas, y que él mismo discutiera con los otros hombres de iglesia quien se quedaba con la de San Martiño Extramuros.

¡Aurelio!

—Ya te dije un día que lo de Gijón era para otro noble. Te quedas a cargo de Legio. Tú reconstruirás la ciudad de las águilas romanas. ¡Álvaro! Tú serás su mano derecha, armada. Revisa las murallas, reconstruye las puertas, mientras Aurelio distribuye huertos y gentes, busca fuentes y alimentos, tú instruirás a los jóvenes en el uso de las armas, reconstruirás almenas en las murallas, limpiarás los caminos del norte. ¡Hermenegildo!

—Mi rey.

—Ven, sube a este alto conmigo. Lo siento pero se te acabaron los otoños recogiendo manzanas y bebiendo sidra como un haragán. ¿Ves la cordillera?

—Claramente.

—Dejarás ese torreón de Grado donde te has instalado para las noches de invierno cerrado y grandes nevadas. Tú y tus hombres vais a explorar uno por uno todos los pasos de la cordillera hacia la meseta e iréis buscando dónde levantar una línea de torreones en cada entrada desde Legio a Oviedo.

— ¿Un torreón en cada río? ¿He entendido bien?

—Y hazlos todo lo grandes y fuertes que seas capaz de construir. Se terminó el esperar las aceifas del emir en los altos puertos. Viene gente nueva y el reino tiene que crecer o estallará por las costuras. La frontera estará desde hoy mismo en esa línea que ves de cordillera.

— ¿Y estos colonos de Legio?

—Dios proveerá, Herme, y Él sabrá, que a mí no me da para más la cabeza. Odoario vendrá en tu ayuda en cuanto regrese de una misión en Bardulia y algo me dice que me va a resultar difícil sujetar a Ordoño y Marcio en Oviedo, ¿qué es esto?

—Parece la estatua de un león, sí, por la forma de la cabeza es un león.

¿Un león?

Un león enorme y un monstruo escamoso y alado luchan en mis pesadillas. Ya no soy tan joven, ni insensible, y los prados están plenos de lirios. El Cielo quiera que salga bien esta aventura colonizadora.

— ¿Y qué ocurrió, padre?

—Que El Cielo no quiso.

— ¿Y luego? Tú eres El Custodio.

—Y luego vinieron los ejércitos de Abderramán, el segundo, que se escucharían mejor sus plegarias allá arriba; el emir de Córdoba mandó sobre Legio todo lo que tenía. Que El Señor se lo lleve pronto a Su Presencia, que Él sabrá.

Fue al año siguiente, comenzaba el caluroso verano, en muchos lugares preparaban la fiesta del Nacimiento de San Juan Bautista pero de Córdoba nos mandaron una aceifa terrible, espantosa. Yo me encontraba con Ordoño en el valle del río Luna explorando un lugar que Hermenegildo había marcado para levantar un gran torreón. Él y mi fiel Odoario se encontraban en ese momento en El Boñal del río Porma preparando el levantamiento de otro torreón cuando nos llegó un mensajero que corría despavorido río arriba:

¡Los árabes atacan Legio, señor! ¡Un gran ejército! ¡Gran aceifa!

Le despaché, pero que no matara a los caballos, hacia Oviedo y que pusiera en alerta a Marcio y mis tropas.

—Vamos a ver ese ejército, Ordoño, y si es para tanto la cosa.

Pensé en alguna algarada de moros que habrían cruzado el Duero en busca de botín fácil. No tenía mucho sentido que el emir enviara un ejército cuando durante todo un año había estado dejando marchar gente hacia el norte, a Legio. ¿Exigir parias a unos aldeanos que no habían tenido tiempo para techar las casas y plantar unas berzas? ¿Tan mal anda de dineros el gran Abderramán como para esquilmar colonos en tierra de nadie?

No lo hizo por dineros, estoy seguro; fue por matar cristianos.

Más de doce mil almas habitaban ya Legio y su alfoz, a más de diez mil degolló su ejército sarraceno. Ya anochecía cuando llegamos a los pinares de Camposagrado y tan solo pudimos ver a lo lejos los fuegos dentro y fuera de la ciudad amurallada.

Me pasé la noche, la más corta del año, apoyado en un pino observando las llamaradas. Mensaje recibido, gran emir de los creyentes; no tardará en llegarte el mío. Destruir por destruir, ¿qué sentido tiene tal cosa?

En cuanto comenzó a clarear empezamos a agrupar supervivientes que habían huido despavoridos en plena noche para conducirles a las montañas de Luna. Dos días después recobré un poco el ánimo al reconocer entre los colonos a mis fieles Aurelio y Álvaro; venían deshechos pero estaban vivos.

—No pudimos hacer nada, Ramiro, ¡venían a cientos! Han degollado gente por millares. Lo siento.

—Más lo siento yo, mi buen caballero, que nunca imaginé tanta ruindad en el género humano. No te preocupes, las murallas siguen en pie y volveremos; un año u otro volveremos y no será entonces con unos campesinos famélicos. Volveremos, te lo prometo.

Un mes más tarde estaban ya los dos repuestos y mi ejército dispuesto para ir de campaña así que reuní para cenar a mis caballeros palatinos en el salón de mi nuevo palacio.

— ¿Les reuniste a todos de nuevo?

—Bueno, faltaban Miro y Bernardo que defendían la frontera del Ebro y Ervigio que seguía en Lugo.

Le había ya enviado un jinete con un mensaje discreto:

Prepara los caballos del rey.

Bien sabía que no hacía falta decirle más y en charla distendida puse en antecedentes de la campaña que tenía pensada a mis caballeros.

— ¿Volvemos a Legio, Ramiro?

—Este año no va a poder ser, fiero Álvaro; bastante trabajo hemos tenido este mes distribuyendo a los colonos supervivientes por aquí y por allá. No te preocupes que tendrás trabajo de sobra. Atentos, mañana nos vamos todos para Galicia, todos menos Hermenegildo que se quedará al cuidado de Oviedo; a ver si encuentras una chica que te lleve al altar, ya está bien de correr tras mis yeguas.

—Gracias Ramiro por tus buenos deseos, ¿y cuál será mi misión?

— ¿Aparte de cuidar de mi esposa, mi hija, mi palacio, y mi ciudad? Vigilar hasta que yo vuelva todo lo que ocurra en cualquier rincón de Asturias y todos los pasos de la cordillera. Seguro que te vas a aburrir.

— ¿Toda Asturias?

—Toda, que ya Cantabria me la vigila tu padre. Tienes que ir aprendiendo que ya no eres un chaval, y ¡a ver si te casas!

Tras las risas y parabienes, especialmente de Marcio, que tenía unas ganas locas de volver a sus correrías, les expuse mi plan y cuál era el objetivo a conseguir:

Tuy

¡Aurelio! Te ha vuelto a tocar la bolita negra. Mientras Recafredo y yo nos estemos distrayendo recogiendo moluscos de las playas, Diego y tú vais a ir a derecho calzada abajo hasta plantaros en Tuy. No me importa sino podéis haceros con la ciudad, ya llegaremos nosotros con todo el ejército, el caso es que de esa ciudad no salga un moro hasta que nosotros lleguemos, ¿está claro?

—Caer por sorpresa y hacer cerco, entendido. ¿De cuanta gente dispondré?

—Cien de los míos y los que vosotros llevéis.

— ¿Con cien hombres poner cerco a una ciudad?

—Cien jinetes, Ervigio irá detrás de ti todo lo rápido que puedan progresar los suyos. El objetivo es Tuy, metéroslo en la cabeza, lo demás serán labores de distracción y limpieza. Cuando termine esta campaña no quiero un bereber en las rías bajas, ¿está claro? Que no vea ni un árabe o africano en las rías. Me da igual si se van de vivos o de muertos, exactamente lo mismo. Ordoño, te toca diversión, y a tu parejita de baile, ¡Marcio! Prestar atención, iréis con Aurelio hasta un lugar llamado Porriño, donde se unen los ríos Louro y Couso, en ese punto abandonaréis a Diego y Aurelio para tomar la calzada de Ourense.

— ¿Qué no voy a entrar en Tuy? ¡El primero!

—Tú entrarás cuando lo mande tu rey, y que no vuelva a oír una voz. Marcio, quiero que busques un lugar donde cortar todo posible auxilio que les puedan enviar desde Ourense, os llevaréis otros cien hombres. ¿Comprendes, bobo? Tú vigilarás mi culo y el de todos estos afeminados, ¡no os riais que el chaval tiene que aprender! Y a ver cuándo te casas, que tienes ya veinticinco años. Imagina por un momento que estamos todos los aquí presentes cercando Tuy y nos llegan por detrás dos mil moros desde Ourense, ¿qué? ¿A salir todos corriendo con el rabo entre las piernas? Marcio te enseñará cómo hacer emboscadas y a buscar el lugar más indicado para cortar una calzada y evitar que pase por ella ni un conejo.

— ¿Y hasta dónde tendremos que ir?

—Hasta donde Sansón perdió el flequillo; no, si todavía nos vamos a pasar la noche riendo. Marcio, como no lo frenes se planta él solo en Ourense. Iréis, o al menos intentaréis llegar hasta un lugar llamado Ribadavia; allí el río Miño sale de un desfiladero profundo y se une con el Avia, si ocupáis el lugar podéis cortar el camino y el río; enviar ayuda a Tuy atravesando montañas les llevaría semanas y no les quedará otra opción que mandar a su gente por la otra orilla del Miño, si es que la envían. ¿Vas viendo cómo se prepara una campaña?

—Sí, padre, me voy dando cuenta.

—El territorio es un arma y sino está en tus manos estará en las de tus enemigos. Marcio te enseñará, es muy bueno en el arte de las emboscadas.

— ¡Y limpiando el culo a las yeguas!

— ¡Calla Alvarito, no me lo calientes! ¿Habéis entendido la estrategia? Aurelio y Diego como arietes sobre Tuy, ¡Pum! ¿Que os hacéis con la ciudad por sorpresa? Bien, ¿que no? les encerráis hasta que llegue Ervigio y si aun así no lográis entrar al asalto esperáis hasta que llegue yo; que ya veréis cómo entramos.

— ¿Y qué vas a hacer tú entonces Ramiro?

—Voy a ir rastrillando playas con Recafredo y los demás. Recogiendo valvas. ¡Que se os meta en la cabeza! No volveré a Oviedo sin haberme lavado el culo en el Miño. Tuy va a ser nuestro, cristiano, y todas las rías hasta la desembocadura del Miño en el mar. ¿Venís conmigo?

¡¡Vamos todos, Ramiro!!

A la mañana siguiente asistimos a un oficio religioso apenas amanecer en el templo de Nuestra Señora de Oviedo y al terminar, movido por un impulso ciego; no podía soportar la cara de pena de Hermenegildo viendo como sus compañeros se iban de campaña le llevé discretamente aparte, al rincón secreto del rey Alfonso.

—Herme, te quiero de corazón, eres joven y sé cuánto te gustaría acompañarnos pero hay algo que quiero que veas, es el secreto de mi familia, los descendientes de don Alfonso el Católico, es algo que los reyes custodiamos desde sus días. Ordoño ya ha estado aquí y la ha visto pero ignora lo que se guarda dentro.

El Arca Santa.

Este arcón era lo que custodiaban los reyes godos en Toledo y fue traído a nuestras montañas tras la invasión sarracena. Solamente te mostraré una de las cosas que hay dentro.

¿Ves este paño?

¿Ves la sangre?

Este humilde paño fue colocado sobre el rostro de Nuestro Señor Jesucristo cuando fue descendido de la cruz. San Juan lo encontró en la tumba del Monte Calvario y lo custodió para La Iglesia.

¿Ves bien la sangre?

—Sí la veo, rey Ramiro.

—Es la Auténtica Sangre de Cristo. ¿Comprendes ahora por qué no puedo irme a la guerra sin dejar a alguien de absoluta confianza custodiando Asturias? ¿Lo harás por mí y guardarás el secreto de los reyes de Hispania?

— ¡Por Su Sangre lo juro!

—Entonces parto hacia Lugo tranquilo, mi fiel caballero palatino.

¿Obraría bien o mal mostrándole el paño? Sino confías en tu mejor caballero no confías en la humanidad y vana es toda campaña por recristianar Hispania entera.

Cabalgamos tranquilos y confiados hacia Lugo.

Apenas entrar por la puerta de la ciudad amurallada y toparme con Ervigio que me rendía fuerzas con sus hombres le agarré por el cuello:

— ¿Cuántos hombres vas a llevar contigo?

—Treinta, pero bien formados.

— ¿Solo treinta? ¿Un duque? ¿A qué te has dedicado, cabrón?

—A criarte caballos Ramiro, observa: sesenta machos de reserva enseñados a cargar con un guerrero a lomos y hacer las maniobras básicas.

¡Sesenta!

Y a mayores los sesenta y tantos que llevarían Ervigio y sus hombres. Sí, me había entendido el mensaje, desde el primer día.

¡Mensajero!

Ve hasta La Coruña y avisa al conde Alarico. En seis días le quiero con sus barcos y hombres atacando el puerto del Grove, a la entrada de la ría de Arousa. Yo iré por tierra. El que llegue el último pagará la cena. ¡Marchando!

Cinco días después tenía a todos mis hombres reunidos en Iria Flavia y tras la bendición del obispo, que también se apuntó al convite con todos sus hombres, partimos en una loca carrera hacia las Rías Bajas.

Es lo que tiene enfrentarte a otro. Que terminas siendo como tu enemigo. Largué una aceifa monstruosa camino del río Miño. Yo iría pegado a la costa camino de la boca sur de la ría de Arousa y Aurelio y Ordoño directos hacia Tuy.

74

Llegó antes Alarico.

Cuando entré en el puerto a la cabeza de mis hombres mi conde estaba cociendo bogavantes y devorando almejas, sentadito al sol, como si hubiera vuelto a su aldea de Ortigueira.

— ¿Cuántos hombres me has ahogado Alarico?

—Yo ninguno, ¡joder! Perdona, Ramiro, no os sentí llegar. Mi rey el puerto está en tus manos.

—Levanta del suelo, se admiten unas navajas mientras se hacen los bogavantes. Sí, toda la ría está en mis manos. Mañana, en cuanto amanezca, nos haremos con la siguiente.

— ¿Dónde haré mi próximo ataque?

—Mañana atacarás el puente del río Lerez y la villa. Está al fondo de la ría. Odoario y Vicente ya están de camino con cincuenta hombres para irme desbrozando caminos. En cuanto amanezca partimos para allá.

—Pero, y perdona, ¿si tú vas siguiendo la costa no temes que te lancen un ataque desde el interior? Hoy les hemos sorprendido pero mañana estarán alertas.

—No te preocupes, esto es solo una distracción, que vean mis estandartes, son labores de limpieza. Mis mejores hombres ya van camino del objetivo principal de la campaña.

— ¿Y cuál es?

—Mañana te lo diré, o pasado. Vamos a dormir un poco y reponer fuerzas.

Al amanecer Alarico y sus hombres subieron a los barcos y pusieron proa al sur mientras yo comenzaba a trotar hacia la siguiente ría. Cuando llegué ya estaba anocheciendo y

Vicente y Odoario me guardaban cada lado del puente sobre el río Lerez.

—Buen trabajo me habéis hecho hoy los dos, estoy orgulloso de todos vosotros. Mañana iréis en retaguardia que os habéis dado una buena galopada.

Bajé al puerto donde Alarico ya estaba dedicado a su labor fundamental en esta campaña: ¡prepararme la cena!

—De nuevo me has vuelto a ganar, bravo por ti. Veremos mañana.

— ¿Mañana dónde?

—Mañana te espero en Arcade, tenemos que hacernos con el puente sobre el río Verdugo, está al fondo de la siguiente ría. Ojo, es una ría más grande que esta y está mucho más poblada; tendrás que ir muy atento.

—Comprendo. Asegurado el puente tendrás la ría en tus manos.

—Algo así. Muy rico el pulpo.

La mañana siguiente fueron Álvaro y Alfonso los encargados de ir en vanguardia abriendo camino al ejército. Nada de ir por la costa, derechitos a conseguir el puente del río Verdugo y hacernos con Arcade. No esperamos a que Alarico se hiciera de nuevo a la mar. Y tal vez por ello llegó tarde.

Pero salió bien la maniobra. Alfonso y Álvaro cayeron como águilas reales sobre el puente y lograron entrar en la villa sembrando el terror a su paso. Esta vez sí estaban alertas pero les sirvió de poco, a medio día tenía al señor de la villa de rodillas bajo la espada del vigoroso Álvaro suplicando clemencia.

—Podéis llevaros todas las cosas que podáis cargar en vuestros carros excepto armas de guerra y huir a la orilla sur del Miño. Vuestras vidas serán respetadas, soy un rey cristiano no el emir de Córdoba y nadie os tocará un cabello de la cabeza, pero tenéis que iros. Caminar hacia Tuy que allí os espero y os dejaré pasar el río.

Los barcos de Alarico aparecieron entonces en la desembocadura del río, apenas les dejé atracar.

—Hoy llegaste tú antes, Ramiro; te toca hacer la cena.

—Ni cena ni gaitas. Nos vamos todos a la carrera, la villa está asegurada.

— ¿Te sigo por el mar mientras recorres la costa?

—No, te vas solo. Nosotros marchamos por el interior. No sé aun dónde pasaremos la noche pero tú vas a ir directo hacia Tuy, donde te espera Aurelio.

— ¿A Tuy? ¿Tuy? ¿Y cómo se llega en barco hasta allí?

—Por el río. Sigue la costa de la ría y después hacia el sur, hasta que encuentres la desembocadura del Miño y a continuación subes a contracorriente hasta Tuy.

— ¿Subir por el río? ¿Tendrá calado?

—Hasta la ciudad tendrás de sobras, pero ve con cuidado y haz que tus hombres remen un poco, que se ganen los sueldos. Aurelio tiene la ciudad cercada, tu objetivo será el arrabal del otro lado del río. Desembarcarás y lo atacarás y tendremos la ciudad ahogada. Yo parto con mis hombres ahora mismo para allá. Confía en mí.

—Lo que ordene el rey. El Cielo está de nuestro lado.

— ¿Por qué lo dices?

—Los días claros, la mar en calma, navegación tranquila; todo a favor.

—Que Dios te oiga que nos vamos para Tuy.

¡¡Vicente!!

Ya está bien de vaguear por hoy. Cambiar de caballos y de la manita de Odoario salís los dos ya mismo hacia Porriño, yo iré con los demás detrás vuestro. A ver si somos capaces de llegar antes de que anochezca.

Llegué ya de noche pero la villa estaba en mis manos; Ordoño había limpiado toda defensa a su paso.

Noche tranquila y a cavilar cómo asaltar las murallas de Tuy. Mis espías me habían relatado punto por punto lo que me encontraría en mi camino al Miño, en nada habían errado, por lo cual esa ciudad es prácticamente inexpugnable y si reciben ayuda fuerte del otro lado del río tendremos que volver a la carrera hasta Lugo.

Estas son las cosas que le hacen a uno rey o pelele de la historia. Hay que dormir algo.

La pelea.

Siempre la misma pelea.

El monstruo alado y el león luchan sin tregua.

¡Por San Martiño, vade! ¡Vade!

¿Es nuestra vida materia de los sueños tan solo destinada al olvido?

Álvaro me despertó con ruidos de fierros y correajes.

— ¡Un día te voy a dar una patada! Bueno, venga, desayunemos y nos vamos. ¿Qué informes tenemos?

—La ciudad cercada, hicieron una salida los moros pero fue rechazada. Que les llevemos comida fresca.

—Les voy a llevar cinco mulas viejas para que se las roan por no haberme rendido la ciudad todavía. Hoy me quedaré con Recafredo y veinte hombres llevando la retaguardia, los demás os vais a la carrera para poneros a las órdenes de Aurelio. Largo.

— ¿Que hoy iremos en retaguardia?

—Sí, Recafredito, sí. Mal rey sería yo si no confiara en mis caballeros. ¿Qué hacéis mirando? ¿Cuántas veces tengo que repetir una orden?

Salieron a la estampida hacia Tuy

— ¿No lo tienes muy claro, verdad, Ramiro?

—Mientras no se ponga a llover a cántaros de esta saldremos. Pero sin armas de asalto va a ser difícil rendir sus murallas, no paro de darle vueltas sobre qué podríamos hacer; por eso prefiero ir al paso y a ver si se me ocurre algo de camino.

Al paso de los carros con el avituallamiento no llegué hasta bien entrada la mañana del día siguiente a la vista de las murallas y ¡sorpresa!

Mis estandartes ondeaban en las almenas.

¡Recafredo! Te quedas a cuidar los calderos.

Y salí al galope hacia la puerta abierta de la ciudad amurallada.

Alfonso se encontraba guardándola y al verme embestir como un toro bravo, con la espada en la mano, comenzó a gritarme y hacerme gestos para que me detuviera.

—¡¡Frena, frena!! Para Ramiro, para, ¡por Cristo! La ciudad es tuya. Hay combates todavía a la orilla del río pero hemos tomado la ciudad.

— ¿Pero cómo…? Le di un abrazo que casi le parto el cuello.

—Desmonta y entra en el cuerpo de guardia, Aurelio te aguarda, él te contará.

Le dejé las bridas de mi caballo que echaba espuma por la boca y entré en el cuerpo de guardia, la espada en la mano y dando grandes voces, ¡qué cojones! El rey soy yo.

¡¡¡Aurelio!!!

Que gran capitán encontré en este hombre.

Me recibió rodilla en tierra, la punta de la espada en el suelo clavada, la cabeza gacha, mirando mis botas.

—La ciudad es tuya, mi rey Ramiro.

—Pues entonces levanta y dame un abrazo. ¿Cómo? ¿Cómo conseguisteis entrar en la ciudad?

—Porque nos abrieron la puerta; sí, como lo oyes.

— ¿Qué los sarracenos os abrieron la puerta? A ver, me lo vas a contar todo, despacito y desde el principio. Os dejé en Iria Flavia marchando por la Calzada de Braga al trote ¿y…?

—Y formamos cuatro compañías en cuanto os perdimos de vista, nos marcaste bien los tramos y lo que encontraríamos al paso. En cada tramo uno de los cuatro capitanes iba delante abriendo paso. No sabían que veníamos y no sabían qué hacer al ver pasar nuestros grupos a caballo. En Porriño tuvimos algo de batalla pero les rendimos enseguida. Marcio era de la opinión de que esperase a Ervigio y sus caballos frescos al marcharse con Ordoño hacia Ourense pero tú habías ordenado…

—Correcto, directos hacia Tuy.

—Y así obramos. Unas veces Diego iba delante y otras yo hasta que llegamos a la vista de la ciudad pero no tuvimos más suerte, no sé, nos vieron o alguien les alertó y cerraron todas las puertas. Y como estaba anocheciendo acampamos en ese monte del que bajaste a la carrera. ¿Quién viene con los carros?

—Reca, le tocaba intendencia hoy.

— ¡Ah! pues se le da bien, prepara un pulpo estupendo. ¡Hace magia con los calderos!

—Se le da mejor el churrasco, prosigue, oye, ¿y ese olor?

—Ahora te lo explico. A la mañana siguiente y comprobando que no éramos muchos hicieron una salida para espantarnos pero cuando estábamos enzarzados llegó Ervigio, ya conoces su estilo, ¡tronando trompetas y clarines! Y huyeron aterrados; debieron pensar que llegabas tú con todo el ejército. Salimos del paso pero no encontramos manera de entrar al asalto así que acampamos en el monte, hicimos correrías por los alrededores y nos sentamos a esperar que tú llegaras; como habías ordenado. Ayer al mediodía llegó Vicente con toda la caballería e hicimos algún amago al caer la tarde pero sin exponernos a sus flechas, por citarlos, a ver si hacían otra salida o encontrábamos un punto flaco. Nada.

— ¿Y bien? ¿Me quieres decir que se enteraron de que yo llegaba esta mañana y se pusieron a preparar pulpo y os abrieron la puerta? ¿Es eso?

—Pues ahora que lo dices, debió ser algo así, porque cortaron en trozos a los que guardaban esta puerta.

— ¿Qué me estás diciendo, Aurelio?

—Ven, hay algo que tienes que ver antes de entrar triunfante en la ciudad. De madrugada, pero aún era de noche, mis espías en avanzada me avisaron de que algo pasaba en las murallas, en especial en esta puerta y Ervigio que estaba de guardia enseguida despertó a unos cuantos a patadas y bajamos ligeros y silenciosos hasta aquí fuera. Los alaridos se escuchaban a una legua así que nos fuimos acercando con sigilo y de repente vemos que desatrancan la puerta y salen corriendo dos moros aullando despavoridos. Vicente, que estaba más despierto que los demás, picó espuelas y se lanzó sobre el portón. Y que vemos que se baja del caballo y nos abre la otra hoja haciendo gestos de que entráramos.

Te lo puedes imaginar llegamos a la carrera y para asegurar el paso despaché a mi fiel Gatón para que despertara y viniera con todo el ejército.

— ¿Y no os plantaron cara? ¿Sin combate ha caído la ciudad?

—Combate ha habido y lo sigue habiendo, Álvaro me informó antes de que tú llegaras que estaban peleando para hacerse con el puente.

– ¡Entonces vamos para allá! Que Alfonso y Gatón cuiden esta puerta, mira ya llega Recafredo. ¡Deja los carros, Reca, te vienes conmigo!

–Espera, Ramiro, espera. Hay cosas que son labor de rey no de caballero; quiero que veas esto.

En un cuarto habían amontonado una docena de cadáveres cubiertos con los capotes del cuerpo de guardia.

–Yo mismo les traje aquí y que no los vieran los hombres, observa:

Y al levantar las mantas comencé a ver hombres desgarrados y alguno troceado como un pulpo.

– ¡Se enfrentarían entre ellos! No sabes cómo son los árabes y los norteafricanos.

–Mira los desgarros, los cortes, ¿no te recuerdan algo?

Mi cabeza respondió un segundo antes que mi lengua y respondí: Los osos de La Coruña.

–Vale, quédate con Alfonso y los hacéis desaparecer, los cargáis en un carro y los enterráis en un monte cercano. Me voy con Recafredo a tomar la ciudad.

Cuando llegué al río mis hombres ya tenían en su poder la orilla norte pero la sur seguía en poder de los sarracenos y no paraban de gritar venganza en cuarenta lenguas distintas.

– ¿Qué hacemos Ramiro? Es muy expuesto este puente y tienen buenos arqueros.

—Tranquilo Vicente; tú, Álvaro, vete a dar una vuelta por la ciudad y pon algo de orden en el pillaje. No quiero más muertes, hemos venido para quedarnos. ¡No empecéis un puñetero incendio o algo por el estilo! Desmontemos y a esperar; quien sabe, igual se atreven a intentar recuperar la ciudad.

— ¿Y cómo les vamos a echar de la otra orilla? ¿Meando en el río? Aunque, bueno, si lo que querías era la ciudad la ciudad es tuya. Que se atrevan a venir ahora.

—Mira que eres listo Recafredo, por eso te quiero siempre a mi lado. ¿Sabes qué te digo? Que proclamé que me iba a lavar el culo en el Miño y lo voy a hacer con toda esa jarca mirando.

— ¡Señor! Si se lava el rey, se tendrá que lavar el caballero.

— ¿Y os lavasteis en el río? ¿Y luego?

—Una vez al año no hace daño Aldonza, y el agua no estaba fría. Nos vino bien después de tantos días cabalgando.

— ¿Y qué hacían los moros?

—Ulular y desgañitarse mientras mis hombres jugaban como niños en la otra orilla.

— ¿Y os quedasteis allí? ¿Todo el día en la orilla?

—No, tan solo un par de horas máximo, hasta que apareció Alarico con sus naves. Nos vio nada más girar en un recodo del río y obró como le había ordenado. Atracó y desembarcó con sus hombres y se dirigieron sigilosos entre los árboles hacia la otra cabeza de puente. A una seña mía

Vicente y Reca ya tenían cincuenta hombres dispuestos a cruzar el puente. Esperé el momento justo a que Alarico cayera sobre su flanco izquierdo y lancé a mis caballeros al galope sobre las piedras romanas.

Perdí a cinco buenos hombres tomando el puente pero antes de una hora el arrabal de Tuy estaba también en mis manos. Odoario y Diego llegaron con más jinetes y los pocos supervivientes huyeron como conejos a los montes cercanos.

De vuelta al puente pude ver la ciudad soñada bañada por el sol poniente; Alarico me llevaba las riendas del bayo y caminaba a mi costado.

— ¿Y ahora qué, rey Ramiro? ¿Temes las represalias?

—Con esa gente siempre espera lo peor; pero la ciudad y el puente son míos, y toda la calzada hasta La Coruña. ¿Cuándo te vuelves?

— ¿Que cuándo me vuelvo? Pues, joder, con el botín tan magro que hemos sacado en el arrabal igual nos ponemos a pescar truchas en el río.

— ¿Sin el permiso de tu rey vas a pescar Sus Truchas?

—Perdona, Ramiro, fue por decir algo.

—Podéis pescar lo que os venga en gana de vuelta a casa pero no te irás de vacío. Te doy permiso para cortar madera y hacer otros dos barcos más. A partir de esta fecha te encargo la vigilancia y defensa desde este puente hasta la ría de la Coruña. Toda la costa oeste del reino.

— ¡Pero son muchas millas náuticas!

—Y muchos puertos y los que habrá que construir; por eso, vete haciendo otro par de naves.

—Y otros ochenta guerreros marineros, supongo.

—Sí, vas a parecer un duque. Mi duque de la Mar Océana; en fin, ya lo pensaré. Ven a verme por las fiestas de San Vicente Mártir y ya haremos cuentas. Parte en paz y no me ahogues a ninguno de mis marineros en tus pequeños bajeles.

Cena festiva rodeado de mis caballeros comentando las vicisitudes de la campaña; ni yo mismo me podía creer lo bien que había salido todo, tan solo había perdido diez hombres y tenía a dos mal heridos. Sí, tal vez ahora El Cielo estaba ahora con nosotros; el vino corría en grandes jarras de mano en mano y la alegría era incontenible.

— ¡A ver, callaros! O empiezo a repartir mamporros, parecéis bueyes morrudos. Mañana partimos para Lugo a no ser que me lleguen malas noticias de Ordoño.

—Según el último mensajero llegaron hasta donde les ordenaste y no han tenido problema alguno. ¡Me gustaría ver a Marcio picando piedras!

— ¡Las levantará él solo! ¡Vamos!

—Mirar la parejita feliz; vosotros sí que vais a picar piedras ¡y muchas! Marcio aprendió con su padre y conmigo a levantar torreones en el camino de Sarria al Bierzo; hicimos tres bien buenos en la subida al puerto de Piedrafita del Cebreiro. Os encargo el mismo trabajo que os di en Legio, ¡Aurelio! Quiero esta ciudad funcionando y produciéndome sueldos desde mañana mismo y ¡Alvarito! No te escondas debajo de la mesa; lo primero el puente, torreones defensivos en cada lado, haz con el arrabal lo que mejor se te ocurra, como si le metes fuego.

— ¡Hombre, Ramiro! Algo tendré que sacar yo, y mis hombres tienen que comer.

—Y cambiarse de ropa alguna vez. Repito: del puente para allá haz lo que se te ocurra mientras no dejes nunca a Aurelio con el culo al aire, ¿está claro?

—Muy claro, señor.

—Bien; Aurelio, te queda una buena finca para salir a cazar patos; desde Ribadavia hasta la desembocadura del río al mar. En Porriño voy a dejar a tu amigo Gatón para que te cubra las espaldas, ¿te parece bien?

—Lo que el rey ordene.

—Así me gusta. No, Ervigio, tú te vuelves a Lugo, has hecho un buen trabajo. Escuchad todos: sois mis caballeros palatinos y estáis a lo que el reino demande. Que más quisiera yo que teneros a todos en Oviedo pero no puede ser. A la mayor brevedad que me sea posible os mandaré relevo pero hacer las cosas bien; recordar Legio, que nos sirva a todos de lección.

¡Odoario!

Eres más astuto que un zorro pero necesito desprenderme de ti; no hay otro tan indicado como tú para la misión que te voy a encomendar.

—Tú dirás.

—Vas a relevar a Ordoño. Partes mañana para reunirte con Marcio; sí, ya sé que lo tuyo no es levantar torreones. Lo primero: vas a explorar toda la ribera hasta Ribadavia, no sabemos nada de esa zona y a Aurelio le llevará semanas organizar patrullas para controlarla pero es que además una vez estés con Marcio quiero que explores, de esa manera sigilosa que tú sabes, el camino hacia Ourense y el camino a Carballino, y cómo es la comarca porque, iros haciendo a la idea, en la próxima campaña quiero hacerme con ella.

— ¡Pero Ourense está en la otra orilla del río!

—Por eso mismo. La jugada será justo al revés y esta vez no tendré barcos para sorprenderles; así que ya sabéis, cuando os llame a Oviedo quiero que me digáis cómo puedo apoderarme de Ourense. Que nos puede llevar un año, dos, da igual, cuando vayamos será para hacernos con la ciudad de las aguas calientes.

No bebáis demasiado que mañana partimos.

Ervigio, ven conmigo un momento a parte.

—Dime, Ramiro.

—No pienses ni por un momento que te voy a tener toda la vida criando caballos en Lugo, pronto te mandaré llamar a Oviedo. Has hecho un buen trabajo, gracias a tus caballos mañana volveremos a casa de paseo. ¿Ya has pensado a quienes vas a dejar al cargo de las villas que hemos reconquistado?

—Esperaba tus órdenes.

—Es tu ducado; distribuye a la gente que sea de tu confianza, pero, ojo, que luego no quiero una queja. Ya sabes cómo soy.

—Y tú sabes cómo son los gallegos. Dan menos problemas los bereberes.

— ¡Haberte quedado cuidando cabras en la Montaña de don Pelayo! Y echa a todos los bereberes de Galicia; no quiero ver uno cuando vuelva por aquí.

Me fui a la cama riendo, algo hace el vino, pues hacía meses que no me acostaba tan feliz y contento.

—Pero tú no atacaste Ourense hasta el otoño pasado, padre. Descansa, no hables tanto, te agotas.

—Ya, es una ciudad fuerte y estaba bien guardada, será el mayor legado de mi reinado. No sé, me pareció que no tenía fuerzas suficientes y por unas cosas y por otras lo fui dejando de un año para otro.

— ¿Y cuándo empezaste a oír hablar de los magos?

—Me parece que fue al verano siguiente, o en el otoño, no recuerdo bien. Algún comentario entre presbíteros o canteros, algo; pensé que era cosa de obispos y no le presté atención, ¿una nueva herejía? Aquel año se comentaba sobre algo llamando predestinación; ideas que llegaban del Imperio Carolingio, bueno, de sus restos pues lo habían deshecho en tres partes y nosotros solo teníamos relación y poca con la Francia Occidental como ahora llaman a las antiguas Galias.

Fue por San Martín, ahora que lo pienso, la fiesta de la matanza; como la gente está contenta y bebe sidra sin parar y se habla sin pensar oí a unos aldeanos comentar no sé qué de unos extraños individuos que habían llegado a la costa en pequeñas embarcaciones.

— ¿De dónde sois, pelágios?

—De Navia, señor; pelágios somos y a mucha honra.

—Que nunca la perdáis, ¿qué eso de unos hombres llegados en pequeñas embarcaciones? ¿De dónde?

—Pues es algo que escuchamos en el mercado de Castropol; que si habían llegado este verano en tres lanchas unos hombres no se sabe si desde Bretaña o desde Las Islas. Que hablan una lengua rara, no tienen aspecto de sajones, y las gentes hablan de que hacen extraños ritos al borde del mar o en los montes.

Pensé rápidamente en aquella extraña compañía de penitentes que me había encontrado bajando a Vivero y no le di más importancia.

(¡Otro inmenso error como el de Legio!)

—Pero, serán cristianos, supongo.

—Vaya usted y se lo pregunta, que no somos diáconos. Me contestaron.

—No sabían que eras el rey.

—No lo creo; la plaza estaba llena y nobles y aldeanos nos entremezclábamos saludablemente y además tenía la cabeza ocupada en la reunión que esa noche iba a tener con mis caballeros. Con los doce, al fin conseguía reunirlos de nuevo; para volver a disgregarlos al día siguiente.

— ¿Por qué? ¿Por qué no podías tenerlos contigo?

—Por el bien del reino. Si hubiera sido por mí habrían estado siempre a mi lado.

Sentados en una gran mesa bebiendo sidra y comentando tonterías. Así hubiera pasado los días con ellos.

—Muy rico está este churrasco; ni que lo hubiera hecho Recafredo.

—Mañana os invito a todos a churrasco de ternera, ¡lo hare yo!

— ¿Mañana Reca? Ahora os voy a contar lo que será el mañana. Los años pasan y el reino cambia, por eso os he reunido de nuevo, ¿alguno recuerda cuando empezamos? En el torreón de Gijón cenando a mesa corrida; mucho ha llovido desde entonces. Bernardo, Miro, no os podéis imaginar cuánto os echábamos de menos pero así son las cosas en estos tiempos que nos ha tocado vivir. Los doce sois mis mejores caballeros y los más nobles del mundo; si tenéis que hacer de conde o de duque ni pestañeáis pero aún sois muy jóvenes y os esperan grandes empresas.

¡Que se case Hermenegildo! ¡Que se case Herme! Empezaron todos a cantar.

— ¿Y luego? ¿Porqué, padre?

—Porque es el de más edad de los doce.

¡Callaros! Relincháis como yeguas.

Atended.

Miro, apenas has llegado y ya vas a tener que partir; lo siento en el alma pero así son las cosas. Marcharás a Tuy y ocuparás el puesto de Aurelio.

— ¿Por qué? ¿Lo hacía mal? ¿No tienes a otro?

—Tengo a cuarenta magnates dando patadas a las piedras esta noche por Oviedo, pero ninguno es como tú. Ni de lejos. Según Álvaro y Aurelio te han dejado la ciudad muy aseada y como te quejes te envío pasar frío de nuevo a Pancorbo.

—No me quejo, rey.

—Y aunque te quejes. De la frontera del Ebro te vas a la del Miño. La labor es la misma pero con la salvedad, ya te habrá comentado Álvaro, de quiero que estés preparado pues en cuanto me sea posible atacaré Ourense.

—Sí, también Aurelio me ha dicho algo.

—Pues no te marches hasta que te lo haya explicado con pelos y señales. Tú vas a guardar la puerta de atrás del reino. Aurelio, te vas de conde a Vitoria, me guardarás la delantera.

— ¿A pasar frío yo? ¿Por qué no envías a Herme? Es el más preparado para una tarea así.

—Ya lo sé, y también lo sabe su padre. El caso es, el caso es que quiero ampliar la frontera Ebro abajo y seguramente tendré que formar un nuevo ducado en ese territorio.

— ¿Y quién mejor que Herme?

—Seguís sin saber lo que es tener que mandar; aprende Ordoño, que el día que yo falte estos te van a correr por las barbas.

— ¡A ver quién se atreve!

— ¡Calla, ñajo, que habla tu padre!

—Recafredo, no me lo encisques, que sabes que se tira a por cualquiera, ¡escuchar! No puedo mandar a Hermenegildo porque su padre, don Pedro, se huele la tostada y quiere para el ducado a su hijo mayor, Teodomiro, ¿me entendéis ahora? No puedo poner a dos hermanos pugnando por un título, y al hermano menor por encima del mayor. A tu hermano Teo le quiero en Oña con los ojos puestos en Miranda de Ebro, ¡que se gane el ducado a pulso!

Pero sí me vas a hacer de duque: te vas a Lugo, necesito a Ervigio conmigo. Ya sabes: ¡vamos a ir por Ourense! Así que ve preparando la campaña, Marcio irá contigo. Sí, ya he encontrado a alguien para que me cuide las yeguas. Se llama Androito, es un noble de Pravia. Os necesito a todos para misiones militares. Para Las Bardulias también he encontrado a un hombre capaz, hijo de vasco, que se entenderá con ellos. Se llama Félix y ya partió para allá.

– ¡Jo! Vaya repartición.

– ¿Decías algo, Reca, guapa? Odoario, has hecho un buen trabajo y lo seguirás haciendo, no tengo a nadie mejor que tú para mandar a Ribadavia, así que vuelves para allá; mantente siempre en contacto con Miro y Herme y los demás.

¡Bernardo!

Deja de hacer manitas con Alvarito.

Si te he hecho venir es por algo, y algo gordo. Ervigio, al tanto. Es una misión para la que quiero que os preparéis durante todo el invierno, la llevaréis a cabo por los mayos del año próximo.

–Cuenta Ramiro, nos has dejado de piedra.

–Tú y Ervigio, ya veremos quienes os podrán acompañar, vais a preparar una gaziya.

– ¿Eso que es? ¿Lo harán a la parrilla? Les cederé la mía.

—Reca, guapa, estás mejor callada. Una aceifa rápida, de rapiña, como hacen los de Zaragoza. Solo caballería ligera, llegar, golpear, hacerse con todo el botín posible. Lo demás pasto de las llamas. Como hacía el rey Alfonso el Católico.

— ¿Y dónde nos vas a mandar?

—Al otro lado de la cordillera.

— ¿Astorga?

—No, Bernardo, no será Astorga; tiene fuertes murallas y está bien defendida. Iréis mucho más al sur, hasta el Duero, pero tendréis que preparar la campaña tan bien que ni a la ida ni a la vuelta los de Astorga se enteren de vuestro paso.

— ¿Y dónde pues?

—Hay una ciudad esplendorosa a orillas del río Duero, se llama Zamora. Ahí quiero que golpeéis y arraséis. Ervigio, ve pensando en cien jinetes y los caballos de refresco. Bernardo, te comentaré mañana todo lo que sé de esa ciudad. Los dos dirigiréis la gaziya

— ¿Ahora nos vas a mandar a robar viejas?

—Os voy enviar a darle al emir una en toda la frente Vicente. No me olvido de Legio, no tengo un ejército con miles de guerreros, pero os tengo a vosotros, y os quiero practicando hasta mayo como llevar a cabo esa expedición punitiva hasta el Duero, o más allá. Que se vaya enterando el de Córdoba que donde las dan las toman, y os quiero ver de vuelta con los carros cargados de botín. ¿Está claro?

—Está claro, Ramiro.

—Pues ya sabéis, desde mañana mismo, hablarlo con Androito, comenzaréis a preparar la razzia al Duero. Reca, bonita, ¿me vas a hacer las uñas? ¡Pues suéltame la mano! Ven aparte, tengo algo para ti.

—Mi rey, ¡siempre a sus pies!

—No me des coba y levanta. Mira, esto es algo que los demás no deben saber, es una misión secreta. No tengo más hijos que Ordoño pero os quiero a los doce como vástagos propios, en mi corazón estáis tanto como mi esposa e hijos.

—Es un gran honor rey Ramiro.

—Si hay alguien en quien confío es en vosotros y de los doce, bien lo sabes, el que quiero siempre a mi lado es a ti.

—Honor mayúsculo e inmerecido, rey.

—Escucha, esto es algo que yo debería hacer pero no puedo, por eso te envío a ti. Vas a ir hasta San Andrés de Teixido para hacer entrega de una lámpara regia en mi nombre al santo en su santuario del fin del mundo.

— ¡Gran empresa! ¿Por qué no envías a tu hijo?

—Porque no es como tú, tú tienes ojos hasta en el culo. Lo que el reino, las gentes, sabrán es que vas en mi nombre a San Andrés para hacer una donación pero para lo que realmente te envío es para otra cosa.

— ¿Desconfías de alguno de tus nobles?

—No he tenido motivo, por el momento. Pero me ha llegado a los oídos noticias de unos extranjeros llegados a la costa gallega con unas actitudes un tanto extrañas. ¿Brujería? ¿Paganismo? El caso es que no sé qué partido tomar. Quiero que, como si no hace la cosa, entre que vas y vuelves, tómatelo con calma, vayas indagando qué hay de verdad en este asunto, ¿herejes? Necesito saber. No le digas nada a nadie, lleva hombres de confianza pero: ¡chitón! Solo tú y yo sabremos la verdad de la misión, ¿está claro?

—Bueno, y, no sé, ¿si me encuentro a un grupo de paganos rezándole a una piedra qué hago?

—Mientras no estén cometiendo un crimen tú como el que no ve ni oye ni entiende. El caso es que cuando regreses me puedas informar de qué hay de cierto en esos rumores. Tú eres pelagio, ¿no es cierto?

—De Castropol, mi rey.

—Te entenderás con ellos, chalanea un poco, se te da bien, abre la mano soltando una moneda aquí otra allá, y como no quiere la cosa…pones la oreja.

—Ya te he entendido.

—A los demás ni pío. Te vas a comer pulpo a Galicia por orden del rey.

— ¿Quieres que te traiga unas cestas de moluscos?

—Ya tengo quien me las trae, gracias. Parte con Dios y con mi confianza plena. Elige tú mismo compañero.

—Y se llevó a Diego.

—Pues sí, Aldonza, sí. Y eligió bien. El día y la noche; mientras Diego atraía todas las miradas, especialmente las femeninas…

— ¿Es tan guapo como dicen?

—Lo será el día que se afeite. Pues así lo hicieron; Diego como un gallo cacareando en cada pueblo y sin saber de qué iba la copla y Recafredo, a la chita callando, recogiendo información ya de presbíteros ya de aldeanos iba hilando cual tela de lino fino una historia que poderme contar.

Así que estaba una mañana visitando mis cuadras admirando como corcovaban, cabeceaban, piafaban y se coceaban mis yeguas y potros cuando llegaron mis caballeros procedentes de San Andrés. Como había supuesto Diego apenas me relató cuatro vaguedades que le habían llamado la atención a parte de repetirme cuarenta veces que les había llovido mucho tanto a la ida como a la vuelta.

— ¿Así que no tienes nada que contarme? ¿No viste nada raro?

— ¿Raro? No sé; en una aldea, cuando llegamos estaban de celebración y bailando todos en el prado frente al molino.

— ¿Una danza guerrera?

—No, muy divertida; bailaban hombres y mujeres así…

— ¿Y tú bailaste con el molinero o con la molinera?

— ¡Yo! Con la moli… ¡joder! Que ya me pilló.

—Anda, iros a cambiar de ropa, ya os veré más tarde. ¿Reca? Cuando os hayáis cambiado.

—No hay mucho que te pueda contar, mi historia cabe en un dedal.

Siempre escuché decir a Beato de Liébana que de la luz viene la ley y por la paz se reconoce al rey así que pasadas las navidades decidí que el año entrante procuraría tener el reino en calma y dedicarme a ver cómo levantaban mi palacio e iglesias de Santa María y San Miguel Arcángel pues de lo que Recafredo me había contado ninguna amenaza aguardaba.

Que habían llegado doce hombres en tres lanchas a vela desde la isla británica; cristianos, pero algo raros. Decían haber visto caer una piedra del cielo y con su hierro habían forjado unas cruces celtas para el culto y unos torques que llevaban al cuello y afirmaban que sus antepasados eran de Britonia que huyeron cuando la invasión sarracena y se encuentran ahora en Bretoña con la intención de fundar un monasterio.

Lo que yo pensaba: cosas de obispos.

Nunca pude imaginar cómo iba a derivar esta barca mía por causa de estos hombres; estamos sujetos a la tierra por las leyes cual firme soga del mismo modo que la naturaleza está sujeta a los ciclos anuales. Mientras no tuviera queja de ellos que en paz vivieran en mi Galicia amada. Ojalá vinieran a cientos de nuevo y con ellos repoblar las rías cuanto antes.

Quería estar y vivir en paz pero el recuerdo de Legio me atormentaba como si llevara una losa sobre la cabeza así que cuando llegó el otoño no pude sujetar por más tiempo a Bernardo y le envié de aceifa a Zamora. Yo me quedé con Poterna comiendo un cesto de mis moluscos favoritos y discutiendo con los canteros; y ahora que recuerdo no salió mal la jugada. Bernardo se llevó consigo a Ervigio, que me demostró que ya estaba maduro para empresas mayores, y también a Diego, Álvaro y Alfonso.

Bajaron por la orilla este del río Órbigo sin que se enteraran los de Astorga y aguas abajo también el Esla sin pasar por Ventosa, así pues se plantaron en Zamora pillando a la población desprevenida y entraron a saco; el éxito fue tan completo que en un par de horas mis hombres se paseaban por las almenas. Se hicieron con abundante botín y regresaron al norte; por iniciativa de Bernardo saquearon también Ventosa y después Álvaro les inclinó a pasar por Legio donde pararon a pernoctar.

La guarnición árabe huyó despavorida.

Algún día volveremos, volveremos para quedarnos.

Yo estaba feliz cuando me anunciaron su llegada. Nunca lo pude imaginar.

Ordoño había regresado para darme la noticia de su próximo enlace con la noble Nuña a la que había conocido en Vitoria y al tiempo también llegó Marcio para visitarme y anunciarme que Hermenegildo había perdido la cabeza, u otras cosas, por una muchacha gallega, hija del conde de Sarria, y quería sondear si le daría permiso para desposarse con ella.

¡Se casan los hijos! ¿Qué más puede pedir un padre? Me pilló tan contento que no solo le pedí que le dijera que permiso tenía sino que también se casaría en Oviedo, por San Martín, al tiempo que mi hijo Ordoño.

¡Haremos unas bodas para recordar!

—No corras tanto y piensa antes con qué las vas a pagar.

— ¿Qué dices Poterna?

—Que estado mirando esta mañana en el tesoro y estamos casi con una mano detrás y otra delante.

— ¿Pero cómo? ¿Qué?

—Perdonar majestades; con su permiso iré a ver las cuadras y saludar a los amigos.

Hice caso a mi esposa y me puse a revisar libros y el tesoro, ¡no lo pasaba a creer!

Anonadado bajé a las cuadras y dar un fuerte abrazo a cada uno de mis caballeros, risas y achuchones con mis hombres me hicieron dejar de pensar por unos minutos en mis problemas palaciegos y entonces caí en la cuenta:

— ¿No estaba con vosotros Marcio?

—Nos saludó pero se fue derecho a la casa de intendencia.

— ¿A la casa?

La había levantado él mismo casi piedra a piedra, y las cuadras; pero venir desde Lugo y pasar por delante de sus amigos para meterse en la casa donde llevaba las cuentas, ¡las cuentas!

De largas zancadas me fui hasta la casa buscándole con la mirada. Mugre y roña en los rincones, mugre en las paredes y roña en las manos de los siervos; las cuadras del rey antes impolutas. Le encontré revisando libros.

— ¿Te parece bien dejar a tus amigos con la palabra en la boca para meterse aquí a mirar cuentas?

—Perdona Ramiro; pero no pude evitar escuchar tu conversación con la reina.

— ¿Y?

—Que o bien tus yeguas paren de cuatro en cuatro, y todos potros, solo paren potros, o te faltan docenas de caballos.

– ¿Cómo dices?

–Que si tuvieras tantos caballos como aquí hay apuntados deberías tener tres cuadras más como ésta y hacer paradas cada cuatro lunas.

Me llevé la mano a la boca para no gritar su nombre.

Androito.

Ladrones, ladrones en la casa del rey.

Mientras él levanta templos para la Santísima Virgen María y los santos arcángeles ellos, Androito y los suyos, se dedican a…

No debes culpar a un ladrón sino a ti mismo; eres tú, el rey, quien tenía que estar alerta. No puedes darle las llaves de tu casa a un hombre y después llorar porque te ha robado.

Y tenía delante a seis palatinos.

– ¿Qué vas a hacer Ramiro?

–Lo que ha de hacer un rey, Marcio, justicia. Justicia. Vosotros, llevar a Androito y los suyos a mi presencia en palacio. Marcio, lleva esos libros contigo.

Aprovechando que el nuevo obispo Serrano estaba visitando a Poterna le pedí que me acompañara en el juicio; tú no, mi reina, ve a buscar a Ordoño, que venga, y te quedas con Aldonza.

– ¿Ya has averiguado lo que ha pasado?

Tan solo le hice un gesto con la cabeza.

Llevados a mi presencia y con el obispo a mi lado no tardaron en admitir su culpa. Mis hombres de palacio; no es que hubieran sisado aquí una moneda allá un copón es que me habían estafado en toda regla multiplicando mis caballos como los panes y los peces. Ordené que les sacaran los ojos y expropiaran sus bienes. Tuve para pagar las dos bodas y las de otros dos que se hubieran casado.

In vigilando.

Yo también tenía parte de culpa por haber confiado en quien no se lo merecía. Que ciego es el hombre cuando brillan las monedas en sus manos.

En cuanto Herme apareció por Oviedo para desposarse le nombré Conde de Palacio. No volvería a confiar en ningún noble fuera de mis doce palatinos. Nunca.

—Aún recuerdo los rugidos del fiero león.

— ¡Ya! El circo que hice venir para las bodas de Ordoño; yo también recuerdo a los saltimbanquis y sus extraordinarias piruetas, y la risa de Poterna, y la música, la música plena ora de alegría ora de melancolía y la voz de los cantantes, su secreto; pasé horas hasta desentrañar su secreto, el encaje de la voz con los instrumentos musicales y que obraran el misterio de volvernos ora alegres ora llorones. Lo tenían tan bien guardado como los canteros las marcas de los encajes de los cantos.

— ¿Y luego? ¿Por qué?

—Porque al colocar las piedras, en el edificio, en el alto templo, dejan las marcas de encaje hacia adentro, fuera de la vista y para ti es un misterio cómo han levantado el edificio y se mantiene en pie, pues lo mismo ocurre con la música y las canciones: te maravillan ¡pero no sabes cómo las han encajado!

Fueron unos días muy felices.

Exultantes.

Y la alegría se expandió por todo el reino. Me recuerdo tirando de la soga con mis caballeros detrás y tumbando a Ordoño y sus nobles y por premio un cesto de castañas asadas.

La reina regaló a Nuña un magnífico ajuar y un maravilloso velo que habían estado confeccionando durante meses las tejedoras de Luanco haciendo encaje de bolillos.

—Recuerdo el velo, punto de red; un tacto maravilloso.

—Ya, era la novia más guapa del mundo

— ¿Y por qué te llevaste a Ordoño a Lugo?

—Pues porque tenía que estar preparado para el día que yo faltase; y ese día es hoy. Hice bien.

— ¡No digas eso! ¡Tú no morirás!

Algún día tiene que ocurrir.

Acompañé a Ordoño y Nuña hasta Lugo antes de que llegara el invierno. Cabalgar, cabalgar con Vicente y Recafredo a mi lado. Al pasar el río Eo me encontré con el obispo Honorio que había bajado desde San Martiño para saludar mi cortejo y conocer a Ordoño y Nuña.

Su bendición sincera.

En cuanto me fue posible le llevé a parte para interrogarle sobre aquellos hombres bretones que me había comentado Recafredo.

— ¡Ah, sí! Les conozco, he hablado varias veces con ellos. Son doce, como los apóstoles de Cristo.

— ¿Y no tienes nada de particular que decirme de ellos?

—Son sabios, Ramiro; a su extraña manera son sabios.

— ¿Y eso?

—Estamos a punto de descubrir el secreto de los lotófagos.

— ¿Los qué?

—Los lotófagos; así los llamo yo, ¿no recuerdas aquella gran escuadra que llegó del norte?

—Sí, me atacaron Gijón y La Coruña.

—Pues estos bretones han descubierto o al menos están en ello el secreto de esos monstruos humanos pues ya han atacado varias veces la isla británica y en cuanto se lo comenté los reconocieron; de hecho me aseguraron que han venido huyendo de ellos a nuestra quería Galicia.

— ¿Huyendo? ¿Tan grande ese pueblo de bárbaros para poner en problemas a los sajones? Cuenta.

—Bien sabes, Ramiro, que antes de que me cargaran a cuestas con la dignidad de Mondoñedo yo había viajado a Roma, Constantinopla y Éfeso, así que conozco cosas de Siria, Babilonia y Egipto que por aquí nunca habéis oído ni nombrar.

— ¿Y eso que tiene que ver con la gente del norte?

—El loto, o una planta similar, es lo que esos guerreros se toman antes de iniciar un ataque, les vuelve insensibles al dolor y el terror; pueden cometer todas las atrocidades que se les ocurran mientras les dure el efecto de la droga pues cuando su hechizo se pierde ellos no recuerdan nada. También los escitas, Heródoto escribió sobre las tribus escitas y sus rituales para tomar drogas antes de realizar un ataque.

— ¿Que no recuerdan…?

—Ni haber matado ni violado ni nada. Nada. ¡Malditos paganos! Daré con su droga y su antídoto.

¡¡Paganos!!

Esa palabra me golpeó la frente como la última vez que vi al monstruo.

—Avísame Honorio en cuanto lo consigas y una cosa más, ¿tú sabes algo de un monstruo que acecha por Mondoñedo? Un monstruo alado.

— ¿El hazo? ¡Ah, sí!, el Guardián de San Martiño; son leyendas de aldea, ya sabes cómo es la gente de por aquí. Son mitos de cuando gobernaban los reyes suevos y llegaron los bretones y levantaron el gran templo dedicado a San Martiño de Dumio. Los hazos y las hazas, monstruos voladores, cosas así poblaban su mundo mítico a pesar de ser católicos; eran germánicos los suevos y se vinieron a Hispania con sus monstruos a cuestas.

—Pues vaya gracia; jodidos suevos.

—Pero también nos trajeron la cerveza, ¿otra jarra?

— ¡Otra! ¿La haces tú mismo?

—La hacen para mí los frailes del monasterio, ¡no hagas caso! ¿No conoces a los gallegos? Monstruos que vuelan; los hazos que se llevan a los niños malos que no obedecen a sus padres y no se toman la leche. No es más que eso.

—Ya, ya, disculpa. Algo que llegó a mis oídos.

Y continué con Ordoño hasta Lugo. No regresé a Oviedo hasta La Navidad.

— ¿Esperabas otro año de paz, padre?

—Mitad y mitad, pues seguía con la idea de atacar y hacerme algún día con Ourense. Y así salió, mitad paz mitad guerra.

No había terminado la primavera cuando me llegaron rumores de que el emir de Córdoba preparaba algo gordo en el norte. Ya se había enterado del saqueo de Zamora. ¡Que vuelva por otra! Esta vez estaremos preparados.

Y vinieron.

Pero mis espías averiguaron a tiempo hacia dónde se dirigían; no sería Galicia sino el Ebro. Un ejército tan grande sería para atacar Pamplona y, de camino, ¡Vitoria! Si quieren guerra guerra tendrán. Mandé un emisario ligero para poner en guardia a Aurelio y de paso al duque don Pedro y todos los condes de la frontera. Esta vez no nos pillarían tomando sidras.

Me reuní en Reinosa con don Pedro y sus tropas. Le envié a la carrera hacia Valpuesta y Vitoria para reforzar la guarnición. Yo iría hacia Oña y Lantarón para atacar a los sarracenos por cola.

—La batalla se dará en la llanada alavesa; dejarles que se acerquen y pongan cerco, que se sientan cómodos, que lo vean fácil; ya tendrán que escapar como liebres. El león soy yo, Ramiro; me llevaré todos los que pueda como esclavos para cargar piedras y levantar la iglesia de Santa María.

¡¡Soy Ramiro!!

¡Por el rey!

Gritaron todos a una y nos separamos para darles una buena lección a los árabes; a ver si así aprendían de una vez por todas. Marché con mis hombres hacia Oña donde nos esperaba Teodomiro.

— ¿Tienes localizados todos sus torreones de vigilancia?

—Todos y cada uno desde aquí hasta la tierra alavesa.

—Pues ya sabes cuál será tu tarea desde aquí hasta Vitoria. Diego, Álvaro y Vicente irán contigo; en cuanto pase el ejército cordobés vosotros iréis detrás eliminando uno a uno sus torreones; nosotros bordearemos Miranda de Ebro lo suficientemente lejos, por el norte, cruzaremos el Ebro en Lantarón e iremos detrás de los sarracenos callados como putas, ¿está claro? Ni un desliz, nada de llamar la atención, al trote hasta dejarles que alcancen las murallas de Vitoria, ¿lo entendéis? Esta vez ellos van a ser las truchas del Ebro y nosotros echaremos las redes, ¡y nos hincharemos a sacar!

El miedo, el miedo es una emoción con la que los árabes siempre cuentan pero estamos aprendiendo para que combata a nuestro favor. Ellos podrán el cerco y nosotros haremos la saca. Aprender estos días mis condes y caballeros como combate el rey Ramiro, ¡vuestro león!

—Saliste triunfante por un pelo, me ha dicho Poterna.

—Me estaré quedando calvo. La verdad es que era un ejército enorme, unos veinte mil, y marchaba de paseo hasta plantarse ante Vitoria pensando que nada más verlos la plaza se rendiría, ¿qué podía hacer el pobre Aurelio con su escasa guarnición? Así que llegaron, instalaron sus tiendas, empezaron con sus bravuconadas y desfiles de pendones a caballo y a acercar sus máquinas de guerra a las murallas exigiendo rendición incondicional. O las tirarían abajo y todos al degüello.

Aurelio hizo como: esperar que me lo voy pensar.

Ya había llegado don Pedro y triplicado la guarnición; no tenían más que sentarse en la almena más alta hasta verme llegar dejando que los moros ulularan dando vueltas a la muralla. La estrategia funcionó a la perfección, cuanto más cegados los árabes y seguros de rendir la ciudad de los politeístas más descuidadas dejaron las espaldas. Y llegamos y cortamos sus filas como el cuchillo la mantequilla; en vanguardia Teodomiro y Diego pugnaban por ir el primero y yo desplegué el ejército en media luna cayendo sobre el campamento cordobés como una manada de toros bravos.

Aurelio y don Pedro que nos vieron llegar salieron cada uno por una puerta con sus hombres dividiendo aún más sus fuerzas. Aunque eran cuatro veces más en una hora no sabían los capitanes cordobeses a dónde acudir, si ir o venir, atacar o replegarse, su infantería comenzó a huir de forma desordenada abandonando las máquinas de guerra huyendo hacia el este y pronto su caballería, desbordada por nuestro ímpetu y estrategia, les siguió en una loca carrera hacia Pamplona. Me alegré por Íñigo Arista que aunque no había venido en mi ayuda seguro que se daría un festín con esa tropa loca que yo le enviaba.

Un gran botín y cientos de esclavos tenían los vitorianos a la vista al caer el sol aquella jornada; una vez en la ciudad y tras recibir el homenaje de mis hombres me reuní con los principales para acordar el siguiente paso. Esto no había hecho más que empezar.

¡Aurelio!

Le di uno de mis famosos abrazos de oso que a cualquier otro le romperían el espinazo.

– ¡Gran trabajo! Recoge tus cosas y tus hombres, te vienes conmigo. ¡Teodomiro! La ciudad queda a tu cargo, serás su conde desde hoy mismo. Te has ganado el puesto.

Un agradecimiento emocionado me llegó de don Pedro.

–Gracias, rey Ramiro; sabes que tiene mujer y dos hijos.

–Y sabe cómo hacer la guerra. Gracias a ti, por dejarme a Hermenegildo, hace un gran trabajo como Conde de Palacio y jefe de estas birlochas con barbas pero no pude traerle; alguien me tenía que guardar la casa por si esto era una encerrona.

–Encerrona la que tú les preparaste a los cordobeses, otra vez gracias. Siempre a tu servicio.

–Quiero que me sigas guardando la frontera cántabra; habrá que nombrar nuevos condes.

– ¿Sigues con tu idea de bajar la frontera por el Ebro? ¡Ahora podríamos ir por Miranda de Ebro!

– ¿Y con qué hombres defendemos toda esa gran llanada? No los tenemos don Pedro. Otro año será. Volvemos a casa.

–Pero tienes el ejército, ahora mismo, para conseguirlo.

–No somos campesinos don Pedro que viven a golpe de campana sino caballeros que sirven a la causa de Cristo y su Santa Cruz, la Cruz de los Ángeles. Y lo que necesito para quedarme con Miranda son miles de campesinos, campesinos cristianos que trabajen las tierras al son de las campanas. Nuestro monte seguro sigue siendo La Montaña de don Pelayo y no tenemos gente para más.

Le acompañé hasta Suances donde tenía su villa y casi diría que su corte y después marché por los caminos de la costa.

¡Diego!

– ¿Tendremos pronto bodas? Te vi intimando con una dama alavesa.

–Tan solo lances de amor, mi señor.

– ¡Ah! que no bailaste con ella. Bien, ahora bailarás para mí. Te vas con tus hombres todo lo aprisa que puedas para Oviedo, que preparen nuestra llegada, caballos de repuesto y provisiones para una nueva campaña.

– ¿Y eso?

–A continuación irás a Lugo para prevenir a Ordoño.

— ¡Ourense!

—Vamos para allá; no me quiero morir sin ver toda Galicia de nuevo cristiana. Que se preparen; en Oviedo solo pararemos lo justo y saldremos para allá. Y después te irás a Tuy para echar una mano a Miro.

— ¿Podré visitar a Odoario?

—Pero solo hacer manitas, ¿de acuerdo? A Odoario le espera un trabajo muy duro, será mi lanza y escudo en la campaña.

— ¡Mira que bien! Todo para la bella Odo; aunque, bueno, después de tenerle tanto tiempo desterrado en un torreón perdido en los montes.

—A cada uno lo que vale y con todo lo que tengo. A Miro y a ti os espera también una buena labor; quiero que exploréis la margen sur del Miño por si fuera posible un ataque con pocos hombres.

— ¿Similar a lo que hizo Alarico con sus barcos?

—Algo así; un ataque por sorpresa a su flanco de poniente. Ponte de acuerdo con Miro y estar atentos a mis mensajeros, ¿algo más?

—Me voy a aburrir en esa aldea gallega, Miro es tan ¡guerrero!

—Ya encontrarás alguna molinera con la que bailar, ¡largo!

Apenas paramos tres días en Oviedo y marché para Lugo con mi ejército llevándome a Hermegildo, le había tenido mucho tiempo preparando esta campaña para dejarle cuidando potros y viendo levantar iglesias. Una vez reunidos todos con Ordoño y Marcio les expliqué la estrategia a seguir.

—Miro, te llevas a Diego y cuarenta de mis jinetes, ¿es viable el ataque que propuse?

—Se puede llevar a cabo un golpe de mano sobre el puente o una de sus puertas.

—Deja las puertas; te quiero en la otra cabeza del puente cuando pase con mi ejército. Ordoño, tú atacarás la puerta sur de la ciudad.

— ¿La puerta sur?

—Exacto. Bajarás a Sarria y de allí al río Sil para atacar la ciudad por detrás. Te llevas a Marcio y Vicente; de Sarria bajaréis al sur para cruzar el Sil y atacar la ciudad por el sur y evitar que les llegue socorro alguno, os llevaréis un tercio del ejército. Odoario, te toca cabalgar de lo lindo, sales inmediatamente de vuelta a Ribadavia; tú vas a ser el zorro que espante el gallinero, ¿te ves capaz?

— ¡Hombre! yo si es por gallinas…

—Quiero que ataques Carballino con tus hombres y cuarenta a mayores que te llevarás contigo.

—Mucha suerte sería hacerse con una villa así con tan pocos hombres.

—Da igual; es el gocho joven el que revuelve la pocilga. No quiero que te hagas con la villa, solo que la ataques, que crees desconcierto, que salgan corriendo detrás de ti, ¿entiendes?

—Y cuando tú llegues estará desguarnecida.

−Correcto. Y otra cosa, no huirás a Ribadavia; te encaminarás directamente a Ourense.

− ¡Y la ataco!

−Ellos te van a atacar a ti. Un loco caballero con su mesnada atacando villas y ciudades; saldrán de la ciudad para cortarte las barbas.

− ¡Y entonces llegas tú!

−Llegaremos todos, con todo lo que tenemos, y nos haremos con la ciudad. Ahora atender a las fechas y lugares donde quiero que estéis cada uno para que lleguemos todos al mismo tiempo y caigamos como una manada de lobos sobre la ciudad. Este culo regio se estará bañando en las fuentes de aguas calientes en diez días.

Este es el plan.

− ¡Y te salió bien!

−Pues sí, mi querida Aldonza, salió a la perfección.

El engaño de Odoario funcionó a la primera. La guarnición de Carballino salió tras él pensando que no era más que un bandolero.

−Y cuando llegaste tú no había nadie.

−Cuatro moros luciendo alfanje. Y nos encontramos a la guarnición cuando volvía muy garrula y satisfecha por haber espantado a Odo. La idea era que no pudieran avisar a los de Ourense que íbamos para allá y funcionó a la perfección. Continuamos hacia Ourense.

Miro y Diego se acercaron al puente escondidos en la ribera del río y esperaron hasta verme llegar.

— ¡Para hacerse con el puente!

—Eso es; salió mejor de lo pensado. Tu hermano Ordoño llegó por el sur y atacó creando un gran desconcierto, el jefe de la villa mandó a la guarnición a defender la puerta al sol y en esos momentos llegué yo para atacar por el norte. Bajamos a la carrera hacia el puente lo cruzamos para reunirnos con Miro y Diego que ya lo tenían en su poder y subimos hacia la ciudad encontrando la puerta abierta.

No es que fuera un paseo por el campo pero al anochecer la ciudad estaba en nuestro poder y Recafredo hacía ondear mi blasón en lo alto de la alcazaba, los moros escapaban con lo puesto hacia los montes y en un par de días más tenía la ciudad tomada y totalmente controlada. El premio fue para Odoario, mi primer conde orensano, que se había partido el culo a cabalgar diez días seguidos.

Ninguno la pió, ¡qué muchachos! Incluso tuve que concederle una dispensa especial a Diego para que se quedara unos días con Odo.

—Es que se quieren mucho.

—Ya, sí, mucho, y el irse de molineras todas las noches. Menuda pareja esos dos. El caso es que me había jurado bañarme en las aguas calientes y lo hice.

¿Recuerdas? ¿Recuerdas la visión?

Medio dormido tumbado en las aguas calurosas, y viste llegar hasta ti un grupo de ninfas romanas.

¡Cuídate, oh, prínceps hispaniarum, de la maldición de las suevas!

Y me sobresalté.

¿Las suevas?

¿Una maldición?

Regresamos a Oviedo y disfrutamos de un verano en paz.

Mitad y mitad; tras la guerra la paz.

—Y te fuiste con Poterna a Compostela.

—Sí, para ofrecer una pequeña réplica de la Cruz de los Ángeles a Santiago Apóstol.

Y a la vuelta me volví a topar con él, con el monstruo. Como si me oliera o me siguiera mundo adelante.

Apenas me alejé un poco de la comitiva para hacer mis cosas y volvió a aparecer.

¡¡RA-NI-MIRUS!! ¡¡REX!!

De la impresión casi me tira al suelo. ¿Qué pasa aquí? El bicho ha cambiado, ¡es más pequeño! Su cola no era ni la mitad de cuando le vi la primera vez, sus alas también más pequeñas, su rostro ya no era de lagarto ¿parecido a un gran mono? ¿Será otro monstruo?

—Soy el rey Ramiro, *¿Quién eres tú, monstruo?*

—GUAR-DI-AN SAN MAR-TIÑO

— *¿Qué quieres de mí? ¿Qué haces tan lejos de la costa?*

—DUX DE LU-CUM MATAR A-MI-GASS

— ¿Qué dices, bicho? (¿Ordoño? ¿Qué ha podido ordenar?)

—A-MI-GASS QUE CAN-TAN MUER-TASS, CA-ZA-DASS, CO-MI-DASS

— ¡Pero si prohibí terminantemente la caza de marsopas!

—¡¡NO MAR-SO-PASS!! A-MI-GASS CAN-TA-BAN. YO VEN-GAR. MA-TAR TUS CA-BA-LLEROS. VEN-GAR. REX NO CUM-PLIR PACTO

— ¿Quién te ha dado a ti permiso para matar? ¿El santo? Yo vengo de la tumba de un apóstol que es un santo mucho mayor.

—YO MA-TAR, VEN-GAR.

—Espera te ordeno, soy un rey cristiano, confía en mi palabra; dame tiempo para hacer averiguaciones, ¡en mi reino no se admite la venganza! Yo haré justicia.

—TÚ PAC-TAR, NO CUM-PLIR. VEN-GAR.

—Pero dame tiempo para…

Y se largó entre los árboles rápido como una flecha.

¡¡Ordoño!!

Fui a buscar a mis hombres y marchamos todo lo aprisa que los carros eran capaces hacia Lugo. Con el corazón en un puño me pilló Ordoño que salió a nuestro encuentro.

— ¿Qué ocurre, padre?

—Vienes con pocos hombres; no te vuelvas descuidado Ordoño.

− ¿Pero dónde está el peligro? ¿Cuál es la amenaza?

−Serán imaginaciones mías, pero no le quites ojo a la reina.

Pero en cuanto tuve a Poterna a salvo en Lugo cuidando de Nuña, que ya estaba embarazada, cogí por las orejas a Recafredo y Vicente para marchar a la costa, y cuarenta jinetes; los mejores de toda Galicia.

−Cuida de la reina y de tu esposa hasta que yo vuelva.

− ¿Qué vas a hacer en La Marina? ¿Para qué tantos hombres?

−Vamos a coger percebes que esta es la época.

− ¿Para eso llevas tantas sogas?

−Es que hay que descolgarse en los acantilados para recogerlos.

−Eres terrible Ramiro, ¡por unos moluscos!

−Más terrible tendrás que ser tú el día que yo falte.

Cuando llegamos a San Martiño de Mondoñedo ordené que buscaran y trajeran al obispo a mi presencia; ¡estará ayudando a parir a alguna vaca! Me senté a la puerta del templo a comer una manzana.

− ¿Qué ocurre Ramiro? ¿Por qué hemos regresado a este lugar? No, Vicente no tiene ni la más remota idea. ¿Los…osos otra vez?

Me hubiera gustado tener la cara de piedra en ese momento para que no se me escapara ni un gesto.

—Aquí ha pasado algo gordo, gordo y raro, y necesito saber el qué y cuanto antes. Ahí viene el obispo: ¿una vaca pariendo?

—No, una yegua, ¿a qué se debe tan gran honor? No tengo nada preparado.

—Da igual, improvisa. Necesito hablar a solas contigo Honorio, ¿podemos entrar en el templo?

— ¡Cómo no! entremos. Dejarnos solos, que os de un poco el sol; salir todos. Tú dirás.

— ¿Sabes que prohibí expresamente la caza de marsopas y delfines en toda la costa?

— ¡Lo sabe todo el reino! ¿No se habrán atrevido? El caso es que ahora que lo dices algo ocurrió hace unos días.

— ¿Dónde?

—Camino de Vivero, en un pequeño puerto, algo me han comentado de una extraña pesca.

— ¿Quiénes?

—Unos pescadores de la zona, que si los bretones...

— ¿Quiénes?

—Esos doce hombres, ya sabes, que vinieron a refugiarse aquí; el caso es que andaban por Sargadelos, siempre andan de aquí para allá, mendigando, por parejas, y a veces se reúnen los doce para alguna ceremonia; estoy pensando en hacerles diáconos.

—Sigue.

—Pues que se reunieron en San Ciprián de Cervo y algo hicieron que todos callan. Que salieron a pescar como los apóstoles o algo así.

— ¿Queda lejos?

—Hoy ya no llegáis ni al galope. Mañana a buen trote y si partimos de madrugada.

—Hecho, partimos mañana al alba.

—Algo le ronda al victorioso rey Ramiro.

— ¿Quieres ser el próximo obispo de Ourense?

—He oído hablar de las propiedades medicinales de sus fuentes termales y no me vendría mal un remojo para mi artritis.

—Pues cuenta con ello; ayúdame con este asunto y ya le mandaré misivas elogiosas al arzobispo Gumesindo; ya sabes, a mi manera.

—Somos hombres de paz, dedicados a la Palabra de Cristo.

—Ya, pero tu arzobispo tiene casi tantos soldados como un duque. Vamos a cenar algo.

— ¿Te sigue gustando el marisco?

— ¿No tendrás algún molusco?

—En el puerto seguro que algún cesto llegaremos a estas horas a encontrar. ¿Bajamos?

—Bajemos; pero nada de fiesta con gaitas que mañana toca madrugar.

A la mañana siguiente partimos hacia Vivero haciendo averiguaciones mientras nuestros ojos se derramaban por los acantilados poderosos. Vicente a lo bruto y Recafredo a lo zorro iban delante pero teniéndolos siempre a la vista; yo cabalgaba con ocho ojos y no permitía la menor relajación en mis hombres; como si estuviéramos en campaña.

Justo, lo que Honorio me había dicho, llegamos al anochecer, montamos el campamento cerca de la playa y un gran fuego. E hice desfilar a todo el pueblo, niños incluidos, para intentar conseguir que me contaran lo que había ocurrido allí.

Que si habían llegado doce hombres santos con sus cruces de hierro.

Que les convocaron y salieron a pescar.

Una pesca milagrosa iba a realizar.

Que salieron con las redes, y las vieron, y las cazaron.

— ¡Que cazasteis mis marsopas!

—¡¡No!! Marsopas son del rey, penado por la ley.

— ¿Entonces qué cazasteis?

—Sirenas, rey; cazaros seis sirenas nuestros padres.

— ¿Qué cojones son las sirenas? ¿Tú les entiendes algo, Honorio? Este romance pelagio que hablan no lo entiendo nada bien.

—Con tu permiso Ramiro; yo les entiendo.

—Adelante Recafredo; no hemos pasado de los niños y estoy peor que cuando llegamos. A ver si sacamos algo en claro.

A la chita callando, Reca, que sabía cómo mezclarse con la gente y darle coba hasta a las viejas consiguió entender lo que había pasado allí. Y me hizo una seña.

— ¡Vale ya de desfile! Iros todos a casa. ¡Reca! ¿Has conseguido sacarles algo?

—Sí, ya lo creo; gracias a los críos.

— ¿Qué van a saber los críos? Si no se les entiende nada.

—Son los únicos que no probaron la pócima. No les dejaron.

— ¿Una…pócima?

—Sí; al parecer llegaron esos hombres con sus cruces y pidieron unos calderos de los que usan para el pulpo y se pusieron a cocer unas raíces y plantas aromáticas entre rezo y rezo, y dieron de ella a probar a todo el pueblo, excepto a los críos. Después salieron con los pescadores al mar y horas más tarde volvieron con seis extraños seres, mitad mujer, mitad marsopa.

— ¿Que mitad…? ¿Pero eso qué es?

—Espera Ramiro, te puedo ayudar; por lo que está contando cazaron seis nereidas. No creía que existieran de verdad pero en Roma y Bizancio sí que conservan leyendas sobre esos seres marinos.

—Gracias Honorio; continúa Reca: ¿Qué hicieron con las… nereidas?

—Hicieron un sacrificio ritual, aquí mismo, en la playa, y después las asaron a la estaca. Cuando estuvieron bien hechas, las fueron troceando y dando de comer con ellas, bendecidas, a todo el pueblo; y más pócima de raíces. A la mañana siguiente nadie del pueblo se acordaba de nada y si les preguntas lo niegan. Solo los niños lo recuerdan pues no probaron ni de lo uno de lo otro. Aún no tienen edad para su Primera Comunión.

Ya lo tienes, Ramiro, las amigas cantoras del guardián; asadas a la estaca. ¿Y ahora qué?

—Y bien, Honorio, ¿qué opinas ahora de los bretones? ¿No los creías santos?

—No lo paso a creer. ¡Es tan monstruoso! No sé, no sé qué decirte.

—Yo sí; lo que hicieron aquí se llama magia y por magos los condeno. Recafredo, Vicente, os llevaréis en cuanto amanezca la mitad de mis hombres hacia Sargadelos, yo iré por la costa con el obispo y os esperaré en Bretoña.

Impongo para esos doce hombres la pena de muerte que se ejecutará asándolos vivos en una pira.

Buscar vosotros por el interior; yo iré por el río Masma. No hay que llevarlos a juicio alguno. Donde les pilléis les asáis; yo haré lo mismo con los que encuentre. El obispo Honorio es testigo y convendrá con la pena que les impongo.

—Un poco cruel a mi modo de ver.

– ¡Es magia! Nada tienen ya de cristianos y no voy a permitir magos en mi reino. Dales tu bendición a mis hombres para que puedan cumplir la pena sin el castigo del Cielo.

–En Nombre del Padre, del Hijo, y del Espíritu Santo. Asarlos vivos, podéis partir en paz.

Les pillaron haciendo otra de las suyas en Sargadelos y allí los asaron. Yo les esperaba en Bretoña, nada contento por cierto y suspicaz en grado máximo.

¡Cosas de obispos! Nunca pude imaginar que pudiera pasar algo así, ni lo que vino después.

Cuando Reca y mis hombres llegaron no mostraban cara de alegría sino de pena profunda; pronto averigüé a qué era debido.

–Buen trabajo Reca; siento que te tocara a ti llevarlo a cabo.

–Yo lo siento por Vicente; aquí le traemos, atado al caballo.

El caballo de Vicente llevaba a cuestas un bulto, un gran bulto envuelto en mantas.

– ¿Los bretones? ¿Fueron capaces de matar a Vicente? ¡El hombre más bravo…!

–No fueron los bretones, observa. (¡El oso de La Coruña!)

– ¿Tú le viste?

—No, solo escuchamos gritos, y cuando llegamos Vicente estaba así.

El obispo había quedado en San Martiño y el pequeño templo de Bretoña no me parecía apropiado para dar sepultura a mi buen caballero. ¿Llevarlo a Lugo? Ya no habría manera humana de mantener mi secreto. Un aldeano me dio la solución sin quererlo al mencionar que en unos montes cercanos había una cueva profunda, y allí le llevamos.

Le depositamos en su interior con sus armas y efectos personales.

Recé una callada oración por su alma y ordené jurar a mis hombres guardar silencio sobre lo ocurrido y el lugar donde dejábamos descansar los restos mortales del buen caballero palatino Vicente.

—No estés tan triste padre, ¿recuerdas a Marcio? Tenía una bella voz.

Sí que le recuerdo y bien, fue el siguiente que el monstruo me mató.

Fue de vuelta a Oviedo, bajando de Fonsagrada a Grandas de Salime. También tuve que buscarle una cueva en la montaña donde depositar sus restos. Después les tocó a Álvaro y Alonso, les cazó en el Puerto Ventana; me estaban vigilando ese paso a las praderas de Babia. Y después a Diego y Ervigio cuando vigilaban el puerto de Vegarada. Sus hombres me juraban que el gran Ervigio había conseguido herir al monstruo. Pero no matarlo.

Y ahora, ha matado al rey, a mí.

— ¿Por qué vinimos aquí padre?, al fin del mundo.

—Ya te lo he dicho más veces Aldonza; fuimos a Compostela a rogar la protección del Apóstol y después, bueno, quería ver la puesta de sol en el mar.

Y porque me estaba quedando sin palatinos, ni casi cuevas donde ocultarlos. Y por citar al monstruo, tratar de cazarlo, matarlo. Tenía que matar a ese bicho como fuera.

Pero me ha matado a mí.

Quería cazarlo, matarlo, pero desde luego no soy el arcángel San Miguel. El león y el dragón luchan en mis sueños un día tras otro. Era tiempo de que el duelo llegase a su fin. Ideé una trampa, al borde del mar, con sogas y cuerdas, un cercado oculto donde a una orden mía quedase el monstruo atrapado y así poder matarlo. Recafredo, mi fiel Reca, me entendió a la primera; tan solo yo estaría dentro pero con un sistema de poleas de pescador y polipastos con solo tirar de una cuerda tendría al bicho encerrado entre los árboles y el mar.

— ¿Con qué estás untando mi lanza?

—Y tu espada también; no te enfrentas a un hombre u oso Ramiro; sea lo que sea ese monstruo solo tendrás una oportunidad y debemos estar seguros de que morirá.

Y así lo hicimos, y le esperé, le esperé un día, dos, tres, hasta que mis hombres tuvieron preparada la trampa. Que de nada sirvió; sentado en un banco de madera, esperando a la sombra, con mi lanza y escudo, a que el monstruo apareciera y recordando, recordando a mis nobles caballeros palatinos, las batallas y eventos por los que habíamos pasado.

Mis caballeros, escondidos en cuevas de la montaña, sin cristiana sepultura; la magia provocó este desastre y ¡¡qué brujería es esta!!

El monstruo apareció en el prado como un toro, solo le faltaba bufar.

RA-NI-MI-RUS, ¡¡REX!!

Me levanté de un brinco del banco a la vez que tiraba de la cuerda que cerraba la trampa. Lo advirtió pero no le importó; había venido por mí y no se iría sin matarme. Pero ¡había cambiado de nuevo!

De nuevo había menguado, su tamaño no era ya mucho mayor que el del león del circo, sus alas eran pequeñas, ya no podía volar. Su piel estaba cubierta por un pelaje oscuro, como el de los burros, y su rostro, su rostro era como de hombre, un hombre deforme con una cara muy grande. ¿Qué brujería es esta?

¡¡REX!!

Su voz profunda seguía resonando en mi cabeza.

— ¿Vienes por mí, verdad? Aquí está el rey Ramiro, ven.

¡¡VEN-GAN-ZA!!

Y se lanzó por mí.

Fue una buena pelea, no precisamente de caballeros, ya no imponía el terror de las primeras veces pero seguía siendo veloz como una fiera, y muy fuerte. Me rompió la lanza pero continué con la espada, ¡tenía un punto flaco! Pero no supe aprovechar esa ventaja lo suficiente; ya no debía poder volar así que cada vez que se acercaba al acantilado huía a grandes saltos.

Finalmente, los dos cansados de tanto batir, nos lanzamos el uno hacia el otro y nos herimos, porque estoy seguro de que le clavé la espada; no sé qué efecto le estará haciendo el veneno pero seguro que sintió la herida; pero no me cubrí bien y de un zarpazo me abrió el pecho. Caí al suelo al tiempo de ver a Recafredo y dos hombres más entrar en el cercado, consiguieron ahuyentarle pero no pudieron cazarle ni con todos los que aguardaban fuera; destrozó con sus garras las sogas y logró huir aunque mis hombres le tiraban todo lo que tenían a mano. Logró huir; seguirá matando hombres, hombres buenos esa bestia encantada; que Dios la perdone, sea lo que sea. Ausente el odio se piensa con el corazón.

De La Luz viene La Ley, por La Paz se conoce al Rey.

—Aldonza, llama a Recafredo, que entre. Ha llegado la hora.

— ¿La hora de qué, padre? Vale, le llamaré, está en la puerta.

—Señor.

—Avisa a Alarico, ¿tiene preparado el barco?

—Todo está como el rey ordenó.

Con las últimas claridades del día, cuando el sol se va ocultando en el último confín del mundo, los hombres cargan al rey agonizante en el largo barco para llevárselo a una isla cercana.

— ¿Por qué depositarte en una isla, padre?

— ¡Que venga allí a buscarme ese maldito dragón!

— ¿Qué dragón? ¿Qué es un dragón? ¿Y luego?

El rostro de su hija, su hija ciega, los collares de azabache y las bullas enormes que del cuello le cuelgan como protección para el mal de ojo es lo último que el rey observa antes de expiar, ya a bordo de la nave. Recafredo, su fiel Reca, un hijo suyo, así quería a los doce, hace una señal y la nave parte.

Desde un monte cercano doce hombres verdes penan sus pecados ante el Rostro de Cristo confundidos con la vegetación y lloran viendo partir el barco del Rey Ramiro. No muy lejos la criatura monstruosa observa la procesión de barcas de pescadores iluminadas con antorchas que acompañan la nave rumbo a la Isla de Abalón.

Abalón, la oreja de Venus, el humilde molusco que tanto gustaba al rey; allí quiere que descansen sus restos mortales para toda la eternidad. En una pequeña cueva de Abalón. Se llevan al rey muerto, los fuegos de San Telmo brillan sobre las agujas metálicas de los mástiles del barco del conde Alarico; que llora.

Cumplida venganza.

En los oídos del monstruo aún resuena el amable cántico de las nereidas amargas y su corazón encadenado, dolorido por el veneno que le está matando, tan solo escucha un replique como de gran campana que grita:

¡¡CHANA!!

Chana en la laguna.

Donde la asesinaste.

Un largo traje negro, el rostro velado, su cinturón perlado, esplendorosa, sujeta con las dos manos una espada que refulge.

— ¿Qué harás ahora Ruimundo? Ahora que has matado al rey que siempre soñaste servir y a sus mejores caballeros, ¿qué vas a hacer Ruimundo?

El brillo de la espada confunde mi vista.

—Lo que tú decidas, Chanagunda, mi eterna princesa cántabra. Lo que tú me digas.

Fin

Al rey Ramiro le sucedió su hijo Ordoño en el trono de Oviedo días después; enterado el Emir de Córdoba del cambio de corona mandó su potente ejército al norte con la intención de arrasar la Montaña de Don Pelayo, el monte seguro de los cristianos, y toda Asturias. El ejército sarraceno subió siguiendo el cauce del río Esla y después se dividió en cuatro brazos para entrar en Asturias por los puertos de Pontón, Arcenorio, Ventaniella, y Riosol.

Funesto error de los mahometanos.

Allí les esperaban Miro, Recafredo, Hermenegildo y Aurelio. Destrozaron el ejército invasor y los supervivientes tuvieron que salir corriendo hacia el río Duero perseguidos por los caballeros palatinos y su magnífica caballería; una ermita en cada puerto mandaría Ordoño construir para recordar aquella portentosa hazaña.

En esos días Ordoño desde Lugo y Gatón desde Ourense irrumpieron en El Bierzo y subieron hasta Astorga para reconquistarla; las minas de hierro y múltiples herrerías pasaron a manos cristianas. Bernardo y Odoario bajaron desde Babia con sus hombres y reconquistaron Legio y alzaron y tremolaron el pendón del rey Ramiro sobre las almenas del alcázar: la Cruz de los Ángeles (Una gran cruz de rojo y fuego apareció en los cielos el día de la muerte del rey Aurelio y esa cruz fue la que el Rey Casto, que era un muchacho por aquellas fechas, pidió que fuera fundida para recordar a los santos ángeles que nos la trajeron. La Cruz inscrita en los cielos) Nunca más la vieja ciudad romana volvería a estar en manos mahometanas; los seis caballeros recibieron días más tarde la entrada triunfal del rey Ordoño en la ciudad.

El viejo león hispano volvía a rugir y lo haría por mucho, mucho tiempo.

Al poco tiempo los caballeros volvieron a separarse enviados por el rey a nuevos destinos y la defensa del reino; Hermegildo a Tuy, Odoario a Oña, Bernardo levantaría Legio de nuevo, y así cada uno. Nunca más volverían a estar juntos; de algunos aún reposan sus restos en cuevas de los puertos de montaña pero en la memoria del reino hispano y en los cuentos populares nunca se perdió la memoria de los legendarios caballeros del Rey Ramiro, y el hazo.

LA CATEDRAL DE LEÓN

La catedral de León

Un hermoso cadáver

Que se llena de luz cada mañana

Una luz del ayer

Luz de vivos

Recuerdos de muertos.

Extasiado entre arquivoltas y vitrales

Extrañado entre sus frías losas

Las elevadas arcadas, tan blancas,

Y los tubos del órgano tronante

Permanece Jonás aún

Perpetuamente atrapado.

ELLAS SON LAS PROTAGONISTAS

Existe una verdadera historia universal y sus protagonistas son las estrellas. Surgen del polvo, crecen, se desarrollan en varios sentidos y desaparecen a un ritmo de eones llenando con su luz el universo oscuro en el que aparecieron.

Charlaremos hoy con ellas, con algunas que bien se presten a nuestro alocado interrogatorio pues ya sabemos que hay estrellas blancas, rojas, azules, de muchos colores a nuestros ojos, pequeñas o inmensas, hay marrones que encojen lenta y aburridamente, otras que explotan al alcanzar la plenitud, las hay en fin que tan solo dejan tras de sí un negro abismo donde antes giraban y giraban mostrando su hermosura esplendente iluminando el cosmos inmenso.

Ellas, hoy, hoy y siempre, son: ¡nuestras protagonistas!

Para contentar a los oyentes más madrugadores comenzaremos charlando con una cuásar para ir entrando en sazón pues son o suelen ser muy dadas a la comunicación. Tenemos conexión con Samy, Samy que semeja una pequeña bailarina roja y portentosa que no deja de charlar con todas sus amigas y con quien quiera escucharla:

— ¡Hola, Samy!, encanto ¿Puedes dejar por un momento de rotar?

— ¡No puedo, no puedo, no puedo…dejar de rotar!

—Pero, amor, amor, ¿nos atenderás un momento? ¿Una corta entrevista nada más?

— ¿Una entrevista? Sí, pero, ¿para qué es esa entrevista?

—Es para los oyentes de nuestra "Radio Popular Magnífica", de alcance cósmico gracias a los potentes campos magnéticos de nuestra nueva emisora galáctica.

— ¡Ah! Si es para la radio no me puedo negar, negar, negarrrr…

—Claro, claro, como que eres una cuásar, cuásar, cuasárrrr…

— ¡Soy Samy! La más rápida en girar, girar, girarrrr…

— ¿Es divertido?

— ¡Es fenomenal! Pero no se acerque mucho, dueño de la voz sensual, pues se podría quemar, quemar, quemarrrr.

— ¿Cómo es que brillas tanto, Samy prodigiosa?

—Porque soy la madre de muchas hermosas y ahora voy a cambiar, y cambiar, cambiarrrr…

— ¿Y eso porqué madrecita amorosa? ¿Nos lo puedes contar? Estamos en directo, una emisión universal.

—No os puedo contar pues es un secreto de la forma universal, descarados, ¡A cambiar! ¡A bailar! ¡Bailar! ¡Bailar…!

Bueno, bueno, amables radioyentes damos ya por finalizada la primera y cortísima entrevista y pasamos a los comerciales mientras tratamos de asimilarlo pero ¡no cambien de señal! Tenemos aquí, con nosotros, una invitada excepcional: Miss Estrella Blanca de la Galaxia Tal para Cual. Ahorita volvemos.

¡Ariel, Ariel, Ariel! Todos votar por él. Él sabe mejor que nadie cómo limpiar ese cinturón de asteroides y cometas fuera de órbita que os trae a mal traer.

¡Ariel, Ariel, Ariel! Todos votar por él.

—Ya estamos de vuelta, amables radioyentes, con nuestra estrella invitada: Kiana, reciente ganadora del Concurso de Miss Más Blanca. ¿Cómo se siente nuestra Majestad Coronada de Tal para Cual?

—Pues genial y tal y tal, soy la reina de la belleza pero también absolutamente normal.

— ¿Un deseo que compartir con sus babosos admiradores de planetas y planetoides?

—Pues que reine La Paz Mundial genial y total y cese la discordia entre nosotras las estrellas.

— ¿Lo dice por algo en especial arrebatadora belleza absoluta y final?

—Es por esas viejas marrones que ya no saben cómo enredar a las masas y siempre las consiguen enfrentar.

—Si eso es así disculpe su deslumbrante majestad pero tenemos conexión en directo con doña Marrona Arrugada a la que vamos a interrogar. Un momento, (¿Sí? ¿Tenemos a la doña?)

¡Ariel, Ariel, Ariel! Todos votar por él.

—Disculpe doña Marrona Arrugada de la Galaxia Infernal, se nos coló un comercial, no crea que sea una falta de respeto a su memoria excepcional.

—Confío que no, me sentiríiii…a fataaaal.

—Tenemos denuncias sustanciosas sobre su comportamiento galáctico.

—Serán de esas blancas locas que no saben más queeee derrocharrrr, ¡son unas descocadas!

— ¿Por qué dice tal cosa doña Marrona? ¡Ha creado una expectación brutal! Estamos en directo, usted sabrá…

—Son unas frívolas,ególatras, displicentes, ¡y amantes de la desssnuuudezzz tooootal! Su gestión de los asuntos galácticos va fatal, fatal, faaataaaal.

—Perdone doña Marrona, no se enfade, usted también fue joven, supongo, ¿no lo recuerda? ¿Cómo era en aquellos tiempos?

—Ay, hijo, qué recuerdos; con mis amigas infernales, ¡siempre brillando! ¡Brillando! Y los planetas y cometas girando, girando, girando en torno nuestro, ¡y las envidias!

— ¿Envidias? ¿En sus tiempos?

—Las viejas azules, las azuuules Azul. Unas dominantas, hijo, querían que todo girara en torno suyoooo.

—Y ¿qué ocurrió doña Marrona?

—Que se extinguieron, por avariciosas, sí, eso fue, por avariciosas. No había más joyas que ellas y para ellas, las azules, ¡Cuánto nos hacían rabiar! Tiranas, eran unas tiranaaas.

—Pero ustedes sí que fueron unas buenas gobernantas según cuentan los anales astrales y del más allá.

—Las mejores, ¡sin tener que enseñar, brujas! ¡Esa desnudez! Tan solo sugerir, sugeeeerir. Señoras, somos señoras.

—Bueno, bueno, bueno, ya no puedo aguantar más, estoy plutónica y cachondísima. ¡Nosotras luchamos por La Paz Mundial! No como esas viejas siempre oscurecidas que atufan con su aire señorial.

— ¡Por favor, Majestad Lumínica! Por favor, Blanquísima, por favor, ¡reine el amor frugal!

—Kiana quiere, Kiana quiere: ¡La Paz Mundial!

—Pues haya paz entre ustedes y pasemos a la siguiente entrevista tras este breve comercial.

Ariel, Ariel, Ariel, ¡todos votar por él!

—De nuevo con ustedes amables radioyentes y tengo que anunciarles que tenemos, en primicia universal, a una magnífica estrella pulsante; pero dejemos que ella misma se presente, adelante, ¿doña...?

—T-I-A-N-A

— ¿Perdone? ¿Podría repetir su nombre y bajar el volumen de su receptor? Nos ha soltado un cañonazo que me arden los auriculares.

—T-I-A-N-A

— ¡Uff! Imposible, imposible, corta, corta, me va a reventar los tímpanos.

—Espere un momento, no corte la transmisión, yo le haré la traducción de mi amante pulsante.

— ¿Y usted es?

—Susan, soy Susan; una amorosa estrella naranja.

— ¿Y cómo será posible tamaño milagro?

—Porque lo que Tiana tiene de rápida y potente yo lo tengo de lenta y jugosa, ella absorbe y transmite yo medito y alimento tranquilamente, muy tranquilamente, y así nuestro mensaje extraordinario se expande constante y universalmente.

—Pero, entonces, ustedes, ¿son pareja de hecho?

—De hecho somos un pleonasmo continuado.

—Pero TIANA llevará la voz cantante en su relación, supondremos.

—Pero a cambio tan solo es una peonza calentorra que absorbe y absorbe mi amor constante.

– ¿Y que más haces, belleza? ¿Lo podríamos saber?

–Cuido de mis planetillas y cometillas, no se acerquen demasiado, pues Tiana es una golosa de cuidado, no hace mucho se merendó en un plis plas un planeta azucarado.

– ¡Qué espanto! ¿Y qué ocurrió?

–Que soltó un eructo espantoso, ¿todavía no os ha llegado?

–Pues no que sepamos ni hemos oído…

–Lo sabréis cuando lo oigáis, lo sabréis.

¡Ariel! ¡Ariel! ¡Ariel! Todos votar por él.

–Y tras esta pleonásmica entrevista en el Espacio Profundo Siete volvamos con nuestra Blanca Reina de la Belleza Resplandeciente. Estás arrebatadora pero no te desparrames más o abrasarás la emisora.

–Ya, yo, yo es que sufro pensando en La Paz Mundial. Perdone pero ¿no será usted un chiche solar? Sí, uno de esos que nos dan coba y como te descuides te sorben hasta el manto.

– ¿Y usted que hace cuando le ataca uno de esos "chinches"?

–Le suelto unas llamaradas que abrasaría media heliosfera, ¡voy a soltar una por si…!

—No, no, no; amorosa Kiana, yo no soy un chinche solar tan solo me gusta chinchar a las más bellas entre las bellas.

— ¡Ah! es de los que hace requiebros a las hermosas, ¿también nos hace oraciones? ¿Me quiere adorar tal vez?

—A sus pies embelesado enviaré rogativas nada más que por... ¡la paz mundial!

— ¡Ah, bueno! Eso me encanta; ruegue, ruegue usted y todos los suyos.

—Un momento, hermosísima, tenemos una llamada, ¡la llamada! Sí, de La Más Alta Representante de la Comisión General de Estrellas Amarillas de la Delegación del Cúmulo Intergaláctico Sextratos Seis. Adelante, representante:

—Estamos escuchando tu emisión, con tu voz adorable, y también deseamos presentar nuestro más profundo desacuerdo con esa tontona de Kiana Superstar, tan sacrificada ella.

— ¿Desacuerdo en qué rango luminoso?

—Que no eres más que una principianta, princesa, no haces más que enredar con esa tontería de la paz mundial y te eclipsas rápidamente.

—Pues yo me sacrifico y me sacrificaré eternamente por...

—Como que vas a durar mucho, idiota. Sobre todo en pelota picada.

— ¡Más que tú, enana!

— ¿Qué ocurre? ¿Te estás calentando, reinona?

—YO, yo, yo que llegaré a Violeta Pálida ¡y siempre de reina de la belleza! Pérfida minúscula; las de tu clase ardéis de pura envidia, no más.

— ¿Qué? ¿qué? ¿que yo soy minúscula? Como que me llamo Dalene y soy La Más Alta Representante…

— ¡Estás acabada! Ridícula, menguante, insignificante.

—Si me permiten terciar en la disputa no sabía que el tamaño importara entre vuestras bellezas inmaculadas, mi asombro es mayúsculo, me hacen sentir tan pequeño pero, disculpen, tenemos llegando un mensaje canalizado del Gran Megatrón, nuestro patrocinador más importante, adelante:

Atención, estrellas, atención: Esta es la voz del Gran Megatrón:

Ya está bien de disputas estériles, ustedes nacieron para ser fértiles y prodigiosas. No se soportará por más espaciotiempo este trágala de ir cada una a lo suyo lo cual generaría constantes tormentas solares en sus superficies estelares. ¡Les saldrán manchas! Manchas que a ustedes afean y a los habitantes de los planetas alteran. Pongan fin a sus disputas inmediatamente o tomaré medidas impactantes.

El Gran Megatrón ha hablado; mensaje canalizado por José Gabriel Uriel Arcangelino Gracioso, humilde servidor de la Fraternidad Luminosa.

—Bueno, y después de esta filípica poderosa ¿Qué harán las más hermosas y luminosas…?

—¡¡Protestar!! ¡¡Protestar!! ¡Protestar!

—A mí me vale con que me contesten y a nuestra audiencia universal seguro que les encanta, ¡adelante! Pues ya saben todas que ustedes ¡son las protagonistas!

—Gracias elocutivo director del programa; mira, ese de la voz oscura no es más que un machista asqueroso, otro más que se andará ocultando de nuestra luz prodigiosa e inmaculada tras una nube de falacias continuadas.

—No brames tanto, no la pies tanto, que las blanquitas no valéis para nada, enseguida os riláis y tenemos que ser siempre las amarillas comisionadas las que hagamos valer nuestros derechos.

— ¡Atentas! Tenemos una nueva conexión, ¿con quién tenemos el inmenso placer de platicar?

—Soy Olivia, y soy roja.

—Bienvenida Olivia, ya nos estamos sonrojando todos ante su atracción fatal y plenitud de formas, ¿qué desea compartir con nuestra audiencia?

—Soy Olivia, y soy roja, repito soy grande, hermosa, soy roja y… y también me estoy poniendo muy gorda. Ya lo he dicho.

—Gorda, no, por favor, es usted bellísima.

—Ya, pero el caso es que ya no encuentro nada de mi talla, ¡y no paro de expandirme!

— ¿A qué puedo ser eso debido, gloriosa?

—¡¡Porque es una zampona!! Así está de inflada, y de roja.

—Reina Kiana, por el amor solar, no empiece otra disputa radiofónica.

— ¿Por qué no si Olivia es una tragona? Y ella lo sabe, ¿verdad?

144

—Soy Olivia, soy roja y…bueno, algo glotona.

—Glotona dice la inmensa, ya se ha zampado todos sus planetas y cometas y hasta algún planeta errante, ¿miento, roja fondona?

—…

— ¿Qué responde usted, Olivia, a tan grave acusación de la Blanca Beldad Resplandeciente, nuestra Reina Kiana?

— ¡Glub! Pues, pues algo de razón ha de tener esa escuálida que en su vida ha comido caliente pues me acabo de tomar un bombón. Una enanita marrón glaseé, ¿usted las conoce?

— ¿A las Ferreras Rocher? De toda la vida, en mi casa somos muy finodos.

— ¡Anda, pues mejodo! Me voy a tomar otra que pasa cerca y usted no se abstenga de probarlas que eso a la larga se paga.

Ariel, Ariel, Ariel, ¡todos votar por él!

—Joroba ya con la puñetera cuña publicitaria, se nos está viendo la pluma; despedimos a Olivia y nos rendimos nuevamente ante nuestra Reina de la belleza solar.

— ¿Es usted acaso gallo pues plumas tiene?

—Cacarearé si es menester ante su belleza excelsa, pero, remontemos el vuelo de nuestro programa: ¡Protagonistas! ¿Qué toma usted, reina, para desayunar y mantener su rotundez fabulosa?

— ¿A qué se refiere con "rotundez"?

—Pues a su forma prodigiosa, sus curvas generosas, su superficie sin arrugas ni manchas y… ¡no me muestre más o me arderá hasta el erguido micrófono!

—No le doy importancia a las cositas del comer, tomo helio, mucho helio, y ¡medito constantemente en LA PAZ MUNDIAL!

— ¿Podríamos, ejem, tal vez, contemplar a su majestad en alguno de sus momentos meditativos?

—Ni por mil cometas; conozco bien a los de su especie, siempre prometen, prometen, hasta que se te meten, ¡son unos aprovechados!

—Yo tan solo querría acogerme a su cálida presencia durante unos instantes…

—Tú como todos los demás, ¡con tal de meter lo suyo!

—Comprenda Su Blanca Alteza a este ser ínfimo y susurrante: tan solo me mueven razones puramente reproductivas.

— ¡Uhm! ¿Y entonces nada de mordisquitos y pescozones en mis círculos polares?

—De rodillas rendido proclamo…que no podría resistir tal tentación.

—Bueno, siendo así, ¡lo meditaré! Pero, por supuesto, usted combatirá a mi lado por La Paz Mundial.

¡Ariel, Ariel, Ariel! Todos votar por él. Él sabe mejor que nadie como…etc., etc., etc.

—Yo a usted la limpiaría hasta la corona estelar.

— ¿Ah, sí? ¿Y con qué? si se puede saber.

—Con mi enorme…

¡Ariel! ¡Ariel! ¡Ariel! Todos votar por él. Etc., etc., etc.

¡Atención! ¡Atención! Atención todos los radioyentes, nos está alcanzando una poderosa disrupción con un impacto de alcance global y extraordinario.

— ¡Todos al suelo, coño!…

(¡Err! ¿Sí? ¿Y? ¿De qué va la cosa, Santi? ¿Una bomba termonuclear?)

—Ya, ahora, ¡¡Ha sido un eco!! ¡Como un eco! Estamos vivos de milagro, las ondas de choque han puesto la emisora patas arriba, habrá que desescombrar un montón. Pondremos algo de música clásica para los radioyentes mientras arreglamos los desperfectos, ¡saca ya la cabeza de debajo de la mesa!

¡Happy!

It might seem crazy what I'm about to say

Sunshine she's here, you can take a break.

(Pharrell Williams, Happy)

—De nuevo en antena, amables radioyentes, les pedimos disculpas por la interrupción de la transmisión. Ha sido algo inesperado, inexplicable, imposible por tanto de explicar. Ha sido…

— ¿Ya os llego, eh, ya os llegó?

—Me cago ya en la paz mundial, ¿qué ha sido eso? ¿Qué ha sido eso? Me cisco en todos los planetas reunidos, ¡me cagón…!

—Pare ya la insultadera, amaine ese torrente de improperios su Blanquísima Majestad. Necesitamos, eh, sí, necesitamos una explicación racional, completamente plausible, a este fenómeno paranormal de alcance universal.

— ¡Os llegó! ¡Os ha llegado! Vaya que sí.

—Pero, ¿quién esa que está también en antena y gritando no sé qué llegada?

—Susan, soy Susan, ¿me recuerdan? La amante espléndida y lo que os ha llegado es el eructo de Tiana.

—¡¡Pues me voy a jiñar en tu puta…!! Como me ha dejado la corona, ¡cómo me ha dejado la corona! ¡Te voy a partir por el núcleo, cabrona!

(¡¡Corta!! ¡¡Corta!! Aunque sea por el cuello.)

¡Ariel! ¡Ariel! ¡Ariel! Todos votar por él. Etc., etc., etc.

— ¡Eh! ¿Sí? Restablecemos la comunicación tras este breve lapsus involuntario en compañía de la encantadora

Majestad Blanquísima suponemos que ya totalmente repuesta del, ¡Err!, incidente protoplásmico y anorgásmico.

—Sí, ¡yeah!, ya, pido disculpas a todas, siento lo que he dicho; yo siempre estaré luchando a favor de La Paz Mundial.

—Nos parece a todos muy bien su desafío esplendoroso, perdón, ¿sí? Control nos avisa de que hay nuevas comunicantes, ¿sí? ¡Dos supergigantes azules nada menos! Adelante, ustedes son las Protagonistas:

—Hola a todas, soy Ali, y soy violeta pálida no una simple azul supermasiva y está conmigo mi hermana.

—Hola a todas, soy Kate, y soy violeta oscura pues soy la mayor de las dos, os queremos, os queremos, os queremos a todas y estábamos percibiendo vuestra radiación que aunque mínima parece interesante.

— ¿Y qué nos quiere contar la bella Ali a los atentos radioyentes?

—Estamos muy preocupadas, y mira que somos veteranas de ocho giros completados sobre el eje central de nuestra galaxia lenticular.

— ¿Y eso por qué, encantadora?

—Se lo contaré yo mejor, soy Kate, pues ocurre que estamos a punto de fusionarnos con una enorme, mayúscula, galaxia espiral y tememos perder nuestra identidad.

— ¿Ah, sí? Nos enfrentamos entonces a un caso verdaderamente espectacular.

—Y además no dejamos de procrear; soy Ali, la joven, ¡no paramos de procrear nuevas estrellas! Y las recientes, bueno, las jovencitas nos están saliendo unas díscolas, pérfidas, y unas evanescentes. ¡No les importa lo más mínimo que perdamos nuestra eterna identidad!

—Entonces, ¿qué es lo que desean las recién aparecidas?

—¡¡Fusionarse!! Que nos fusionemos cuanto antes con esa inmensidad en espiral, no paran de llamarnos aldeanas, aburridas, anticuadas, ¡de todo! Apenas salen de las nubes moleculares solo piensan en divertirse y hacer nuevas amigas, millones de nuevas amigas que creen que encontraran en esa monstruosidad rotante, ¿pero a costa de qué?

—De costa a costa expectantes escuchamos sus dudas al respecto.

—Pues a costa de perder nuestra identidad y sagradas tradiciones difuminándonos en esa vastedad rotante e impersonal.

—Pero no se puede luchar contra lo inevitable: la gravedad, a mí se me está cayendo la baba escuchando su vibrante voz, no lo puedo evitar, y si se van a fusionar háganlo en son de paz y acepten entremezclarse con estrellas ignoradas y fulgurantes de las cuales no saben nada y tal vez puedan aprender mucho y beneficiarse mutuamente. Es una idea.

—Es usted un encanto personal, aunque sea de un género o número un tanto neutro e impersonal, pero díganos: ¿cómo podremos mantener nuestra identidad sagrada? ¡Eh!

— ¿Acaso van a perder su fotosfera? ¿Cambiarán sus coronas solares para seguir modas ajenas?

— ¡Nosotras no! Ali y yo desde luego que no, por supuesto, pero, estas, estas infames alocadas solo quieren conocer cosas nuevas que creen extraordinarias, seguir modas insensatas, en vez de permanecer fieles a nuestra especial constitución.

—Pero, superlativa Kate, y usted noble Ali, que fue blanca como la leche y ahora es azul tornasolado como nuestro agreste mar, lo que ustedes padecen ¡es un oxímoron! En su luminosa oscuridad interior no comprenden que así han nacido y así serán por muchos fundidos galácticos que lleguen a padecer, supongo.

—Eres todo bondad locutor impasible pero más corto que la cola de un cometa en el espacio profundo.

—Necesito remontar de nuevo el vuelo para intentar estar a la altura de vuestra estructura atómica; reitero de nuevo mis disculpas.

—Tiene usted una voz tan estupenda que me gustaría oírle incluso diciendo: ¡estrella de neutrones!

— ¿Y si le dijera, lúbrico de mí, que tiene usted una corona estelar de unos suaves tonos iridiscentes con unas formas fractales adamascadas que enamoran perdidamente a quien la mira?

— ¡Es que estoy…! ¿Me está usted observando ahora?

—Nada más respeto que la intimidad de una estrella; a su polo inferior, babosamente, rendido.

—Zalamero. (Si no fuera por mi hermana, que es una controladora, le invitaría ahora mismo a darse unas vueltas por mi campo magnético)

— ¡Err! Me queda un poco lejos, pero quien sabe, tal vez, tras la próxima supernova nuestros corazones de litio puedan estar aún más cercanos.

— ¿Usted sabe por qué les pasa eso? A las que estallan.

—Es misterio profundo para mí y nuestros oyentes.

—Por pura gula, yo te lo digo y Ali también, les gusta tanto comer y comer que cuando no tienen nada cerca ¡se comen a sí mismas! Y explotan. Eso en nuestra galaxia no ha pasado nunca, somos de costumbres férreas y tradiciones incólumes.

— ¿Nos vendrás a ver, locutor? ¿Pronto? ¿Prontito?

—Nada me gustaría más mamar que su excelsa luz Ali reluciente pero mis otros deberes me reclaman, por ahora.

¡Ariel! ¡Ariel! ¡Ariel! Todos votar por él. Etc. etc., etc.

No podemos despedir este programa, que hace el número trece millones trescientos veinticuatro mil doscientos cincuenta y ocho sin agradecer inmensamente la compañía de nuestra Blanquitud Majestuosa y Prodigiosa, ¿alguna cosa, Kiana?

—Bueno, pues, nada más que: ¡os amo!

—Y así despedimos el programa recordándoos como siempre nuestro lema: ¡Ustedes son las protagonistas! Hasta el próximo.

Fin de la emisión.

A micrófono cerrado.

– ¿Te encuentras bien?

–Estoy padeciendo, Santi, desde el zambombazo una onda contráctil en mi interior que está llegando a lo más profundo, pero recto, recto.

–Eso va a ser un caso de peristaltismo masivo; mira bien no te vuelvas de nuevo radiactivo que luego no paras de emitir a todas horas y estoy más que harto de oírte.

–Esto va a ser de tanto madrugar. Nos vemos mañana que me voy al campo a jugar con las pelotas y el palo.

–O sea, que quedaste con Kiana, ladrón.

Fin

DECRETA LA REINA AMATISHA

Este no es más que un sencillo cuento para que os abráis a otras perspectivas y otras humanidades, tan humanas como la nuestra y tan falibles.

Y de este modo, acabada la cena, la joven reina Amatisha así nos habló:

—Hemos observado, amados súbditos, en los últimos tiempos cambios irrefrenables en la Gran Circulación de los Dioses, ¡sí! Nos llaman, ¡nos llaman! Cada jornada observamos que están un poco más cerca. Los Incontables Dioses están bajando del cielo. El gran Dios Salamin Resplandeciente está variando su camino celeste, ¡es imperceptible a nuestros ojos! Sí, pero los grandes sacerdotes del Gran Templo Piramidal no se equivocan en sus valiosos cálculos, y también están cambiando las rutas de nuestras cuatro Diosas Protectoras, por todo ello he convocado este concilio palatino, necesito vuestro consejo y acuerdo. Todo nuestro mundo, todas nuestras tribus y pueblos están aquí representados, nadie ha sido excluido. Así, pues, yo os pregunto:

¿Qué debemos hacer?

—Poderosos e inmejorables auspicios tenemos de las Diosas Lunares, en especial de Nuestra Diosa Madre Talalash Inmaculada y también de sus bellas Hijas Rojas.

¿Qué podemos temer?

—Dices bien Gran Duque de las Tierras Pantanosas, pero nuestra inquietud no se disipa por ahora. ¿Gran Chamán de La Torre Celeste? ¿No tiene algo que decir?

—Los ancestros hablan por mi boca: ¡Los Dioses vienen! ¡Los Dioses nos llaman a su lado! Jornada a jornada les veremos acercarse un poco más, un poco más, un poco más.

¿Qué sabemos hacer?

—Pido la palabra, Gran Reina Amatisha.

—Hable pues, nuestro Duque de las Tierras Áridas, Supremo Adorador del Gran Dios Salamin Resplandeciente.

— ¿Por qué preocuparse innecesariamente? Desde el principio de los tiempos han rotado y rotado sobre las cabezas de nuestros antepasados, ¿qué nos enseñaron a hacer? Día y noche, noche y día, jornada tras jornada, durante milenios, como registran los Sagrados Escritos la Espiral de los Dioses rota y rota siguiendo sus ignotos designios. ¿Qué nos enseñaron los antiguos profetas que del fango y el salvajismo nos sacaron?

¡Hagamos sacrificios innumerables para calmarlos! Y que sigan girando en el cielo oscuro acogiendo nuestras almas devotas; pues ellos son Inmutables.

¡Hagamos incontables sacrificios en templos y montes a los dioses para que nos sean benéficos!

Y así se decidió y obró.

Increíbles holocaustos de animales de todo tipo por todos los rincones del planeta elevaron en sus volutas oscuras las plegarias de los nuestros pueblos a Los Dioses.

Pero, diez años más tarde, la aún joven y bella Reina Amatisha volvió a convocar una nueva reunión en su palacio imperial. No habían conseguido nada. Las mareas habían cambiado y las olas llegaban cada año un poco más arriba, las inundaciones eran mayores y más impredecibles; tanto los animales salvajes como los domésticos se mostraban cada año más inquietos y la propia flora del mundo se mostraba desconcertada ante los cambios.

Así pues, terminada la cena, la Reina Amatisha así nos habló:

−Hace diez años aquí mismo reuní un Consejo Palatino, al igual que a este de hoy acudieron representantes del mundo entero; se meditó lo que había que hacer y se llevó a cabo. Hoy, aquí, soy la única que permanece con vida de aquella reunión de los más notables del mundo. Hoy, como aquel día, y viendo que los dioses están aún más cercanos os pregunto:

¿Qué debemos hacer?

Todos callados.

—Mi buen Rey de las Tierras Nórdicas y Gélidas, ¿no tiene nada que decir? Estamos al tanto de los últimos desastres que su territorio ha padecido.

—Gracias por cederme la palabra, gran Reina Amatisha, pero no, no hemos encontrado remedio humano y si ofrecemos más sacrificios a los dioses mi pueblo pasará aún más hambre.

—Siendo así cedo entonces la palabra al Sumo Sacerdote Shalamash Salamín del Gran Templo Helicoidal, recientemente levantado, ¡díganos algo que nos reconforte, Su Santidad! Amado de los dioses.

—Gracias, Gran Reina, atender: ¡Los Dioses procrean! Sí, ¡Los Dioses procrean! Sean por siempre alabados. Cada jornada observamos más y más dioses llenando nuestro cielo y colmando con su divino resplandor nuestras terribles noches. ¡No están enfadados con nosotros! Tan solo se preocupan de Su Divina Procreación. Nada les agrada tanto de nosotros como nuestros retoños recién nacidos.

— ¿Los recién nacidos? Bien, algo sabemos por fin de cierto, entonces, pregunto: ¿qué podemos hacer? Sí, Gran Chaman de las Tres Diosas Rojas, usted tiene la palabra.

—La respuesta es evidente y ya está en nuestras mentes y corazones. Solo podremos detener el Descenso de los Dioses sobre nuestro mundo ofreciéndoles en sacrificio a nuestros hijos recién nacidos.

Y así se decidió y obró.

Holocaustos de infantes se ofrecieron en templos y montes y las oscuras volutas elevaban plegarias desgarradoras de nuestros corazones rotos a los Innumerables Dioses.

Pasados diez años la aún bella pero ya no tan joven Reina Amatisha convocó a Concilio Palatino a los nobles y eclesiásticos así como representantes de las ciudades que aún se mantuviesen en pie a su ya deteriorado palacio imperial y de este modo, acabada la cena, así les habló:

—Nuestro mundo es un caos perpetuo, amados súbditos, Los Dioses Procreantes, lástima que no esté ya con nosotros nuestro Amado Sumo Sacerdote del Gran Templo Helicoidal pues pereció con todos los suyos al derrumbarse la gran joya que alumbraba nuestro mundo, son doble o triplemente Innumerables, nuestras Tres Grandes Diosas Rojas tan pronto están en precesión, en oposición, como en procesión celeste tras la Gran Madre de todos nosotros, la Divina Talalash Inmaculada, que llora ahora perpetuamente sobre nosotros, sus hijos penitentes, y nos llegan de Ella terribles lluvias de piedras inmensas. Son sus lágrimas de Madre Amantísima, sin duda.

Pero, está con nosotros el pequeño Gran Chamán del Templo de la Diosa Inmensa y Viviente y yo le pregunto:

¿Qué debemos hacer?

Al menos para que no llore tanto.

—Gracias por este don de la palabra que reboso ante tan augusta presencia, anoche, en la Cueva Lupina, ya saben todos los llegados de lejanas tierras que nuestro antiguo templo se vino abajo y desaparecieron todas las imágenes de dioses y profetas, sacrificamos en extraordinario rito de alabanza ante los magnates y sacerdotes de las demás confesiones tres recién nacidos sin mácula alguna que resultase apreciable a todos nuestros ojos avizores. Y el Oráculo de la Sagrada Madre Inmaculada así nos habló:

Amados hijos, nada place más a mi Excelsa Presencia que vuestras almas más nobles.

— ¿Y eso en Román paladino qué quiere decir?

—Que debemos sacrificar a nuestros aristócratas para satisfacer a La Gran Señora y detener así El Descenso de Innumerables Dioses Procreadores.

Y así se decidió y obró.

Las oscuras volutas, bla, bla, bla, bla.

Pasados diez años la aún bella entre las bellas pero ya un tanto ajada Gran Reina Procreadora Amatisha convocó en las ruinas de su imperial palacio a nobles y eclesiásticos supervivientes de las escabechinas celestes. Y de este modo, tras engullir una escasa pitanza, la Reina Amatisha así nos habló:

—Mis fieles y devotos siervos, mis muy amados creyentes y fieles seguidores de la Única Fe Verdadera y que hemos cumplido fielmente cuanto santos y profetas nos aconsejaron hacer para detener El Descenso de Los Dioses, todo ha sido en vano. Cada jornada les vemos más y más cercanos, innumerables y brillantísimos. Nuestras tres Amadas Diosas Rojas se han ido ya a su encuentro, la Gran Madre Inmaculada, Nuestra Señora Talalash, cada día está más lejana y el Gran Señor Salamin Resplandeciente se muestra errático en su brillo y calor. Siendo esto así, yo os pregunto:

¿Qué debemos hacer?

¿Gran monje lama Chumbo Cachumbo fuente del Nirvana Letal? ¿Sabe su extraña deidad, salvada in extremis

160

de las aguas y protegida de los dioses, en su inmensa caverna donde la guardan, algo que nos pueda ayudar?

—La Sublime Diosa, mi reina, a través de La Niña sin Tacha y treinta y tres Atributos Distintivos de la Deidad nos habló la noche pasada. Hay temor. Ante tanto tremor hay bastante temor.

— ¿Y qué dispone La Diosa Viviente y Protectora?

—Que siendo tan grandes e inmensos nuestros pecados, tan sucio está nuestro karma, y cuerpos, tan enorme la deuda contraída con la Gran Magnitud Celestial, es necesario un Sacrificio Supremo para que cese El Descenso de los Dioses y sus Castigos Supraterrenales.

— ¿Alguna otra opinión? ¿No? ¿Qué sabéis hacer? ¿Nada?

Y así Ella decidió y obró.

Recostada en su lecho llamó a su lado a un escribiente escribano superviviente de las ruinas de Su Sagrada Capilla y le ordenó escribir:

Decreta la Reina Amatisha que siendo los males de mi pueblo numerosos e inclementes y habiendo ya sacrificado a mi amado esposo y mis tres hijos según los paría a Los Dioses Altísimos y Procreadores sin haber conseguido con ello calmar Su Cólera, en el día de hoy , que el Gran Dios Salamin Resplandeciente se ha ocultado por un tiempo de nuestros ojos, ante tan nefario presagio decido que, ahora mismo, yo misma sea sacrificada aquí mismo y tras ser degollada ritualmente sea mi carne alimento que sacie el hambre de mi pueblo y sustento de Los Dioses y sea mi sangre vino que alegre vuestras resecas bocas y néctar para los Innumerables Seres Superiores.

Y así como Ella decidió así se obró.

De este modo, hoy y aquí, cuando se cumplen exactamente dos mil años de tan Feliz Acontecimiento, reunidos para recibir en nuestro seno El Sacrificio Supremo de La Diosa Amatisha, felices y contentos, dichosos, joviales, agradecidos, viviendo en el seno agradable de Los Innumerables Dioses Resplandecientes cantamos esplendentes el triunfo de Nuestra Fe.

¡Decreeeta la Reiiiina Amaaaatisha…!

—Padre, ¡qué día tan lleno de felicidad! Nunca se vio una ceremonia similar.

—Sí, hijo, sí; casi un millón de creyentes reunidos ante el Templo de La Diosa Amatisha y cantando sus alabanzas. Será mi mayor día de gloria personal y de recuerdo imborrable para la humanidad. Yo ya duraré poco, tú eres el Sucesor Proclamado, ¿qué has aprendido hoy?

—No sé; tras la lectura de Las Sagradas Escrituras me sentía casi levitar pero ahora, ahora una sombra de duda nubla mi mente.

— ¿Y a qué es debida esa niebla oscura?

— ¿Tanto en los tiempos de la Diosa Amatisha como en los siglos sucesivos a nadie se le ocurrió otra explicación, no sé, mágica, racional, algo, distinta de Lo Que Está Escrito sobre los cambios extraordinarios que sucedieron en nuestro mundo?

—Alguno hubo en aquellos tiempos oscuros y aún en nuestro tiempo que surgieron con ese tipo de "explicaciones" pero rápido les echamos a la hoguera o les rebanamos el cuello por infieles. ¿Sabes ya lo que hay que hacer el día que yo falte?

—Sí, padre, Gran Sacerdote Supremo. Jamás lo olvidaré y así obraré.

Fin.

La historia que habéis leído surgió tras leer unos artículos científicos sobre galaxias pequeñas, para mí mal llamadas enanas, que tan solo contienen unas pocas decenas de miles de soles y sus planetas asociados y que suelen rotar sobre una gran galaxia, normalmente en espiral. Y se me ocurrió la idea de cavilar cómo sería la absorción de una de estas pequeñas galaxias por la gran espiral pero visto el suceso desde la perspectiva de unas personas que vivieran en un planeta de esa pequeña galaxia. Ver a cada momento de tu vida esa inmensa espiral de estrellas sobre nuestras cabezas y que, de improviso, un día, se comienza a acercar y acercar y acercar.

EL LABERINTO

Hay que formar a la juventud en valores superiores; esto ya lo sabían los sabios de todos los tiempos.

Érase una vez, hace mucho, mucho tiempo que existía un pueblo famoso en todas partes por la sabiduría de sus mayores así pues cada plenilunio veraniego jóvenes de otros pueblos acudían a su territorio para lanzar sus desafíos de fuerza y conocimiento; y así pasar el caluroso verano.

Y un año fueron sobrepasados.

Reunidos los sabios del pueblo en círculo y concejo idearon un juego que supusiera un desafío supremo, no solo para los jóvenes del pueblo, ya superados, sino para los jóvenes del mundo entero.

Construyeron un laberinto de nueve círculos concéntricos y dejaron una prenda en el centro. Llegado el plenilunio y con los jóvenes expectantes los sabios lanzaron el desafío: Os lo ponemos fácil; en plena noche, encontrar la entrada del laberinto, llegar hasta el centro y venir con la prenda que dejamos dentro.

Pasaron años hasta que un plenilunio un joven superó el desafío y regresó al pueblo con la prenda en sus manos. Y le coronaron rey.

Muy bien. Dijeron los sabios. Vemos que os estáis aburriendo así que os lo vamos a poner más fácil. En el próximo plenilunio veraniego decretamos que solo se podrá acudir al laberinto de noche, sin antorcha o luz alguna, para devolvernos la prenda.

Pasaron años, muchos años, hasta que un joven consiguió volver con la prenda de los sabios entre sus manos. Y le coronaron rey.

Vaya, vaya, os estáis aburriendo. Dijeron los sabios a los jóvenes ante ellos concentrados un nuevo plenilunio veraniego. Os lo pondremos más fácil.

Entraron en el laberinto para dejar la prenda y después tapiaron algunos pasadizos para que nada material pudiera llegar hasta el centro. Noche de luna llena, desafío de los sabios: ¡Traernos la prenda del interior del laberinto!

Y pasaron años y años hasta que un joven regresó del interior del laberinto con la prenda en sus manos. Y le hicieron rey.

Bueno, bueno, bueno; da pena ver esas caras de aburrimiento. Dijeron entre sí los sabios. ¿Aceptaréis un nuevo desafío?

Los jóvenes brincaron y gritaron lanzando un estruendoso:

¡¡¡Sí!!!

Los sabios dejaron la prenda en el centro y después cubrieron el laberinto con una montaña de tierra y piedras y hasta plantaron árboles y una viña para que pasara totalmente desapercibido.

Plenilunio veraniego, gentes llegadas de toda tribu y lugar; el desafío perfecto: ¡Jóvenes! ¿Alguno de entre vosotros será capaz de devolvernos la prenda escondida en el círculo supremo?

¡¡¡Sí!!!

Gritaron todos a una la muchachada impresionante concentrada ante ellos.

Y pasados muchos, muchos, pero muchos años tras la fiesta del plenilunio veraniego apareció la prenda de los sabios en manos de un joven del pueblo. Y le hicieron rey.

¡Ag! Exclamó el más sabio entre los sabios. Ahora sí que os estáis aburriendo, ¿seréis alguno capaz, gañanes, de traernos la prenda que dejamos allí dentro?

¿Dentro de dónde?

¿Alguien sabe de qué va esa historia?

Dijeron entre sí los jóvenes insolentes e indolentes.

Y pasó una eternidad de tiempo.

Hasta que un día se presentó ante el círculo de piedras abandonadas un joven y se encontró con un abuelito dormitando sobre una de ellas y le despertó:

¿Qué haces, gañán? ¿Cómo te atreves a sacarme de mi ensueño? ¿Y eso que traes ahí?

¿No eres tú uno de los sabios que lanzó el desafío supremo? Pues mira, en mis manos porto la prenda de los reyes eternos.

¿Continuamos este cuento?

Fin

Los cuentos de la reina arpía es una idea que se me ocurrió una mañana de fiesta visitando el claustro de la Catedral de León, ¡había tantas historias maravillosas ante mis ojos! La memoria de mi pueblo, la historia de España relatada con un encanto prodigioso y pues ya tenía varios cuentos publicados y unos cuantos por escribir di en ponerles este título genérico. Espero que sean de su agrado, pues tengo más cuentos pensados para próximos libros en los años venideros.

Un ejemplo:

Estoy pensando en un cuento sobre un pueblo que tiene un dios, un dios prodigioso cuyo nombre es HHH; esto es, Su Nombre no solo es impronunciable, son consonantes mudas, sino además está penado con la muerte intentar hacerlo. *Ni se te ocurra sonreír;* las letras también son números en la lengua de ese pueblo por lo cual si pueden decir 888 y trabajar con la cifra para hacer cuentas de todo tipo, templos, lo que se les ocurra.

Ocurre que el dios de este pueblo tiene un enemigo, y también su pueblo, su cifra es 666, o en letras FFF. *Ni se te ocurra intentar pronunciarlo; nunca demos razones al diablo.* Y un día aparece en el pueblo un joven que es talmente la encarnación del dios y entonces…

¿Le gustaría leerlo?

Pues espere a que publique mi próxima colección
de cuentos fantásticos; lo haré en cuanto me sea posible.

Fin del libro

Si quieren escribirme y hacer cualquier comentario sobre esta colección de cuentos o sobre mis obras anteriores mi correo es cuassia@gmail.com

Hacia final de año tengo previsto sacar otra colección de cuentos fantásticos, vayan reservando su ejemplar y dejando sitio en su lector digital de libros; no podrán dejar de descargarla.

www.ingramcontent.com/pod-product-compliance
Lightning Source LLC
Chambersburg PA
CBHW071249130626
46556CB00003B/1236